KB121419

딸바보가
그렸어

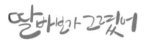

펴 낸 날 ㅣ 2015년 1월 23일 초판 1쇄
2018년 3월 10일 초판 12쇄

지 은 이 ㅣ 김진형
펴 낸 이 ㅣ 이태권
책임편집 ㅣ 김은경
책임미술 ㅣ 비닐하우스 이현미
펴 낸 곳 ㅣ (주)태일소담
서울특별시 성북구 성북로8길 29 (우)02834
전화 ㅣ 745-8566~7 팩스 ㅣ 747-3238
e-mail ㅣ sodam@dreamsodam.co.kr
등록번호 ㅣ 제2-42호(1979년 11월 14일)
홈페이지 ㅣ www.dreamsodam.co.kr

ISBN 978-89-7381-407-7 03810

이 도서의 국립중앙도서관 출판시도서목록(CIP)은 서지정보유통지원시스템
홈페이지(http://seoji.nl.go.kr)와 국가자료공동목록시스템(http://www.nl.go.kr/kolisnet)에서
이용하실 수 있습니다.(CIP제어번호: CIP2015000515)

핑크가
좋아요

딸바보가 그렸어

글·그림 김진형

소담출판사

4년 전 딸아이가 태어났다.

그 아이가 우리에게 온 후로 전에는 몰랐던 새로운 사랑의 감정이 솟아났다. 이전과는 다른 눈으로 세상을 보게 되었고, 다른 모습으로 살게 되었다. 그리고 그 감정에 푹 빠져서 한동안 딸에게 몰입해서 지냈던 것 같다. 딸의 말이라면 뭐든지 바보처럼 다 들어주는 소위 '딸바보'가 된 것이다.

어느 날 목말을 태워주다가 갑작스레 무거워진 딸아이의 무게를 느꼈다. 아름다운 이 시간이 앞으로 사무치게 그리울 것 같았다. 그래서 그동안 아이를 키우며 썼던 육아 일기와 사진들을 꺼내 들고 퇴근 후 밤마다 그림을 그리기 시작했다. 딸과 나의 이야기, 그리고 내 가족의 이야기들을.

하루가 다르게 커가는 아이의 모습을 기억하기 위해서 모든 사소한 순간을 그림으로 남기기 시작했고, 그렇게 '딸바보가 그렸어'라는 블로그를 시작하게 되었다. 내 그림에 사람들이 공감해줄 때마다 사람 사는 것은 다 비슷하구나 싶었고, 힘든 육아 생활에 힐링이 된다는 댓글이 달리면 오히려 그 댓글에서 내가 힐링을 얻곤 했다.

블로그 방문자 수가 점점 늘어났고 카카오스토리에선 세 달 만에 15만 명이 구독을 했다. 그리고 이제 그 그림들을 모아 이렇게 책을 내게 되었다.

'육아(育兒)는 육아(育我)다.'

이 책은 어떻게 보면 딸의 성장기이자, 동시에 부모로서의 나의 성장기다.

육아는 쉽지 않았다. 그러나 아이를 키우는 것이 곧 나를 키우는 것이라는 걸 그림을 그리면서 알게 되었다. 그리고 육아의 시간들이 얼마나 많은 것을 선물하는지 역시 지난날을 돌아보며 깨닫게 되었다. 소년에서 어른으로, 부모로 그렇게 성장하게 된 내가 잃은 것보다 얻은 것이 훨씬 많다는 것을, 그 육아의 기쁨과 소중함을 나누고 싶었다.

육아의 중심에서, 또 생활의 중심에서 고군분투하고 있을 엄마 아빠 들에게 이 책이 조그만 위로가 되었으면 좋겠다. 그리고 앞으로 육아를 겪을 예비 부모들이 간접적으로나마 이 책으로 육아를 체험해보면 좋겠다는 바람도 든다.

마지막으로, 딸을 낳아준 사랑하는 아내에게, 나를 낳아준 부모님, 장모님, 장인어른께 이 지면을 빌려 감사드리고 싶다. 여러분이 안 계셨으면 우리 딸도, 딸바보도, '딸바보가 그렸어'도 없었어요. 또, 그동안 블로그, 카카오스토리, 페이스북에서 공감해주셨던 수많은 분들께도 깊이 감사드린다.

P.S. 딸! 엄마 아빠가 너 이렇게 키웠어! 나중에 커서 효도해라~

2015년 1월, 김진형

차 례

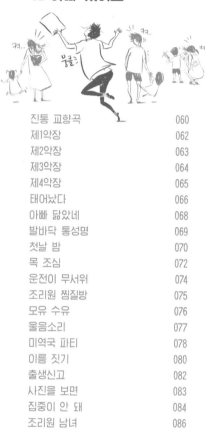

03 아빠 한 살

04 아빠 두 살

05 아빠 세 살

06 아빠 네 살

에필로그

01 예비 아빠기

아내가 임신했다. 앞으로 10개월 후에 나는 아빠가 되는 거다.
아직도 마음만은 열여덟 청춘이라 생각했던 내가 과연 아빠가 될 준비가 되었을까?
스스로 질문에 대한 답을 찾기도 전에 아내의 몸은 무거워지기 시작했고,
나의 어깨도 무거워지기 시작했다.

기다리고 기다렸던 임신 소식.

아빠가 된다는 그 묘한 기쁨을 거침없이 만끽하자!

산부인과 가는 길

겉으로 보면 임신한 티가 안 나기 때문에

나라도 티를 내줘야 한다.

그렇다고 너무 오버하지는 말기.

초음파 사진

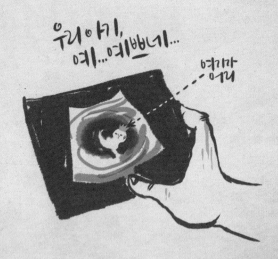

솔직히 말하면

어디가 어딘지 당최 알 수가 없었다.

그… 그래도 감동적인 사진이다!

10개월 동안 부를 태명. 어렵게 축복이로 결정했어.

축복아, 너는 엄마 아빠에게 세상에서 가장 큰 축복이야!

보이기 시작했다 : 배만 바라봐

사 오라며

그래, 여보야.

앞으로 10개월간

함께 임신하는 거다.

아들일까 딸일까 : 아들이든 딸이든 다 좋아

아들이든 딸이든 다 좋아!

보고 싶다! 10개월아, 빨리 가라!

운전이 달라졌어요

아기가 듣고 있다!

꿈에서 만나다

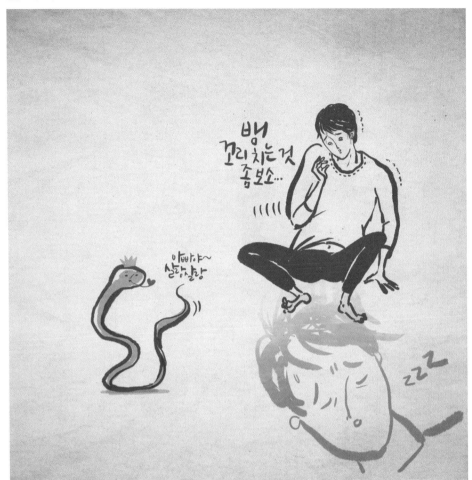

푸른 뱀 꿈은 95퍼센트가 딸이라는데….

그래, 기억 나. 분명 푸른 뱀이 살랑살랑 꼬리를 쳤어.

애교 작렬 딸을 기대하고 있을게!

치마보다 기저귀

딸이라는 말에 사고 싶은 치마가 정말 많았지만

기저귀 룩이 최고의 패션이라는 걸 곧 알게 되었다.

아이스크림 사 오는 아빠

퇴근길에 아이스크림 사 오는

그런 아빠가 되어보고 싶었어.

몰래 먹기

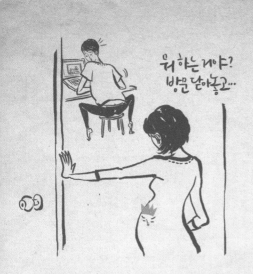

여보야, 미안해. 이젠 알아서 밖에서 먹고 올게.

축복이 태어나면 먹고 싶은 거 왕창 먹자!

아! 모유 수유;; 또 미안해…

상전 놀이

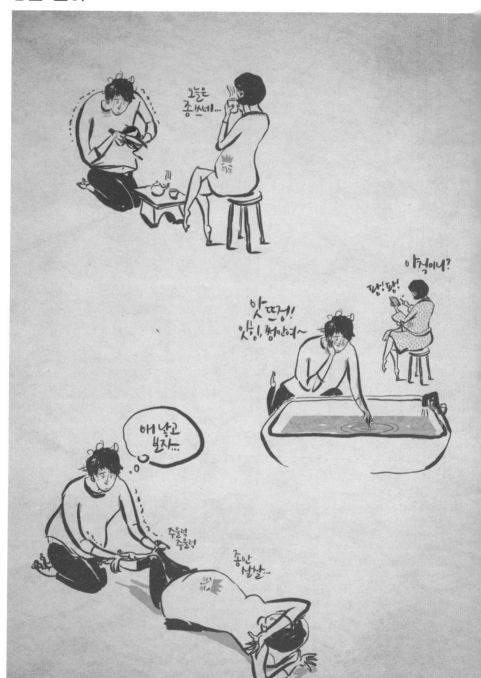

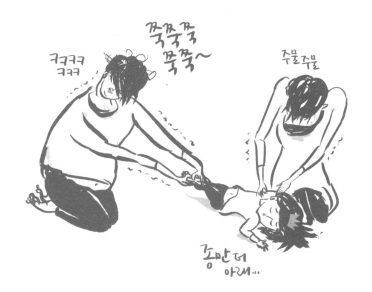

진짜 상전이 기다리고 있다.

발차기

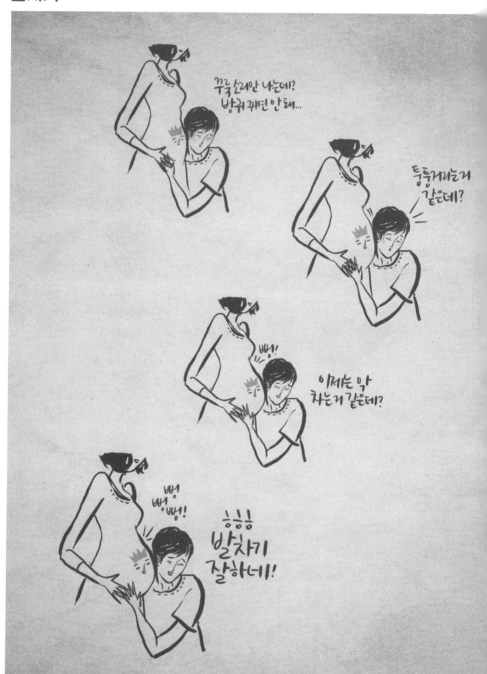

첫 태동을 느꼈을 때의 그 환희도 잠시,

아빠라면 나중에 발차기 많이 맞게 될 것이다.

다시 못 느낄 귀여운 태동을 충분히 즐겨야 한다.

땡기네

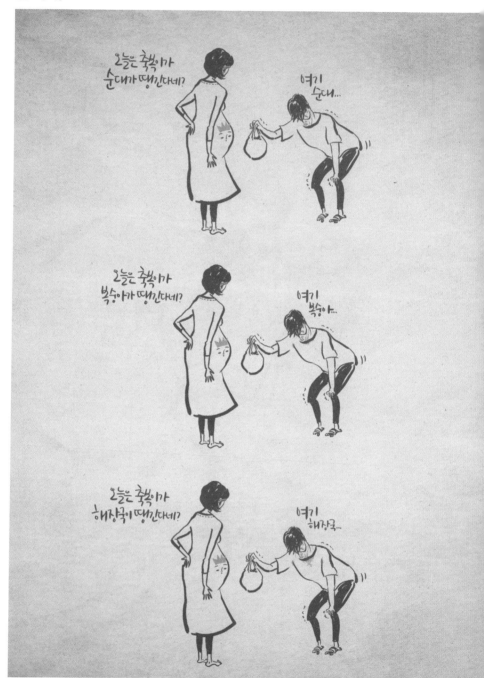

누가 먹고 싶어 하는 걸까….

그래도 사달라는 거 사러 가는 거다.

안 그러면 그 서운함 평생 간다.

태교 여행

많이 센치해지신 아내님과 배 속 축복이와 첫 여행.

느낌 아니까

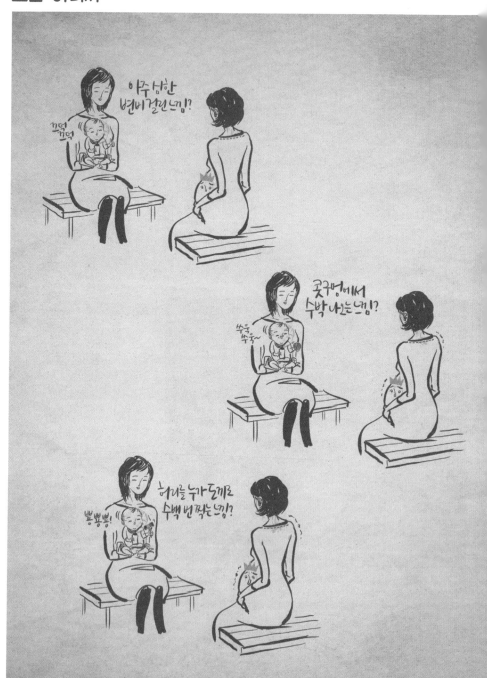

대신 낳아줄 수도 없고….

여보, 힘내! 나도 어릴 적에 고래는 잡아봤어!

… 위로가 안 돼서 미안해. ㅜ.ㅠ

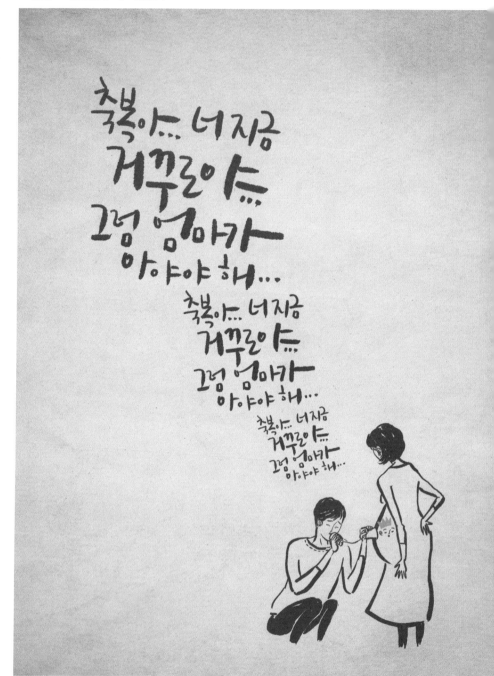

"다 들려요, 아빠!"

며칠 동안 계속 이야기했더니

다행히 제자리로 돌아가주었다. 기특한 것.

아내의 다리

배 속 아기 지켜주는
내겐 너무
예쁜 다리

남들에게는 뚱뚱한 다리, 나에게는 예쁜 다리.

살 아니고 부은 거예요!

쥐를 잡자

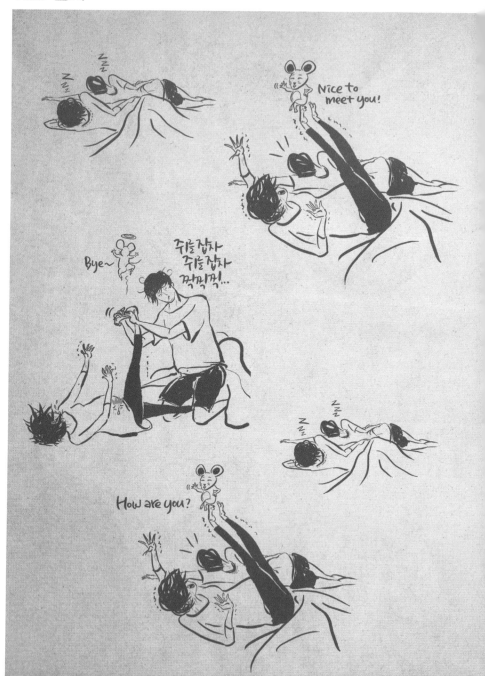

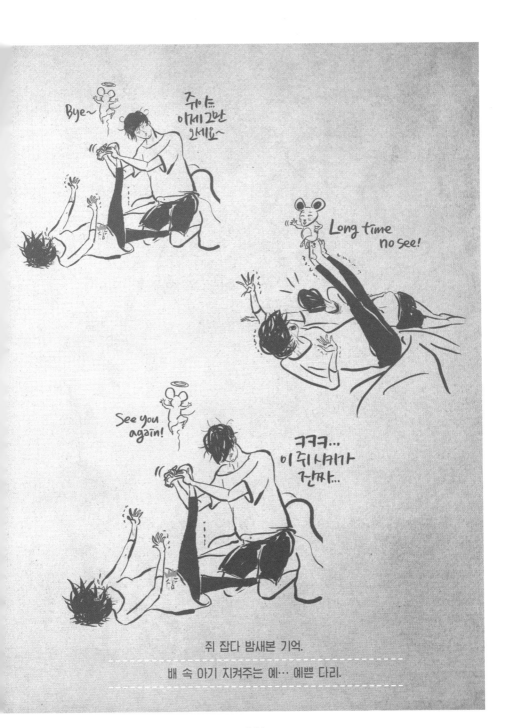

쥐 잡다 밤새본 기억.

배 속 아기 지켜주는 예… 예쁜 다리.

불편해졌어

출산이 가까울수록
내가 도와줄 일이 더 많이 생긴다.

요가 데이트

함께해서 더 행복한 태교 요가

여보야, 축복아! 고마워.

덕분에 요가란 걸 해봤어. 재… 재밌네….

태교의 추억 : 독백은 외로워

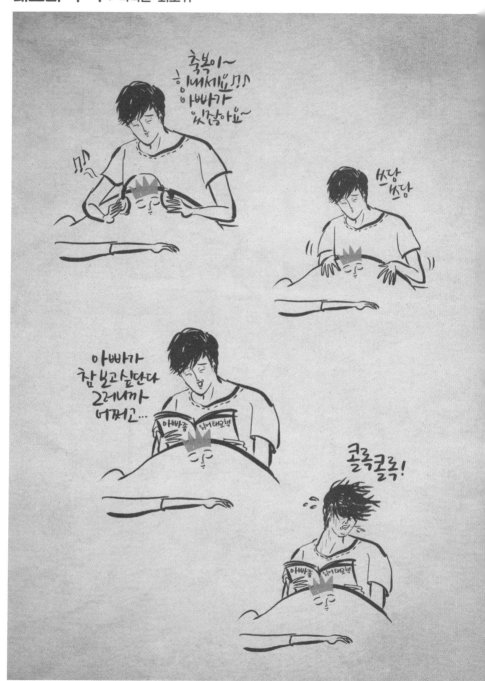

아빠 혼자 말하는 것 같으니
가끔 꿈틀꿈틀 피드백 좀 주세요.

임부 우울증 : 어쩌라고

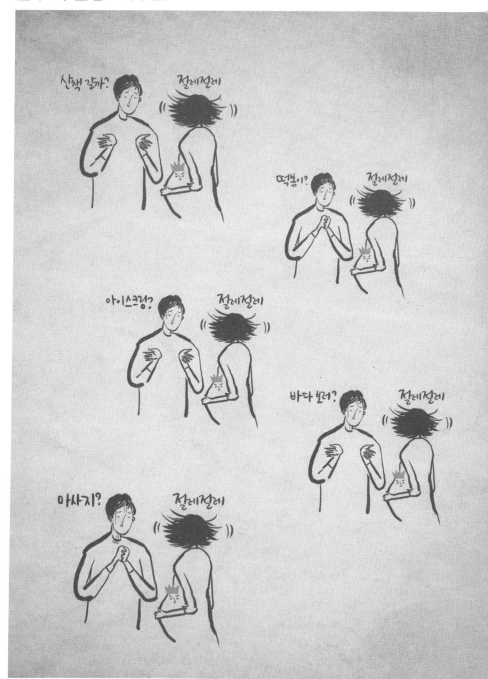

임신 호르몬의 영향으로 아내가 예민해질 수 있으니
눈물을 머금고 참아보자.
아내의 진짜 모습이 아니다.

예정일

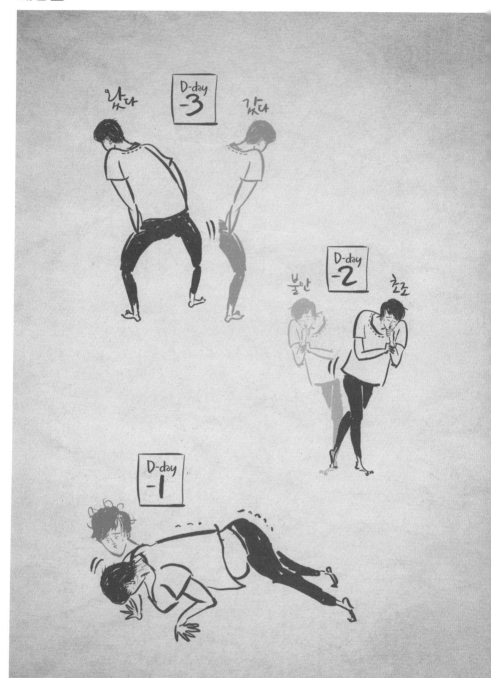

아빠 안 보고 싶니?

엄마 아빠가 10개월이나 기다렸는데….

빨리 만나자.

미루지 마

가고 싶은 것을 미루고

먹고 싶은 것을 미루고

꾸미는 것을 미루고

만나는 것을 미루고

널 만나기 위해서
미뤄둔 것들이 참 많아...
그러니까
넌 미루지 말고
빨리 나오렴

아빠가
들려주는
태교 동...

콜록! 콜록!

보. 고. 싶. 다!

----

02 아빠 됐어요

그날 새벽의 차가운 공기와 보랏빛 하늘을 아직도 기억한다.
아빠가 되었다는 기쁨도 잠시, 아기가 태어나던 그 순간부터
부모님의 희생으로 내가 자랐다는 것을 몸소 알게 되었다.
아기가 예쁘다. 그리고 졸리고 아프고 무겁고 배고프고 힘들다. 아빠… 됐어요.

진통 교향곡

약 강 강 약

중강

드디어 진통 교향곡이 울려 퍼진다.

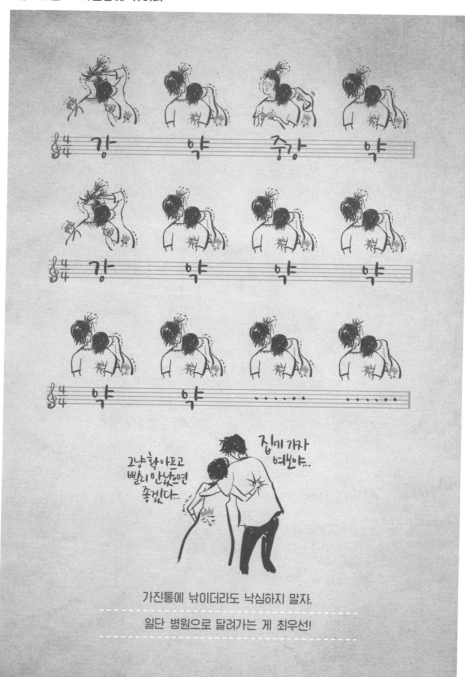

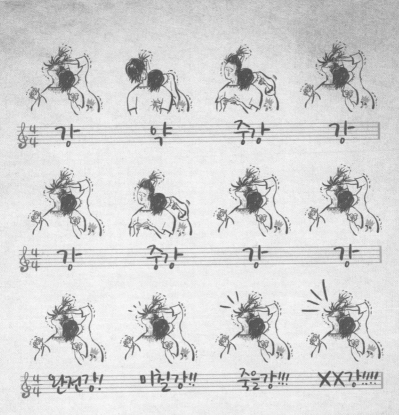

진통의 세기가 강해지고 간격이 일정해졌다면

진진통이 확실하니 병원으로 달려가자!

제3악장 : 강진통에 함께 울다

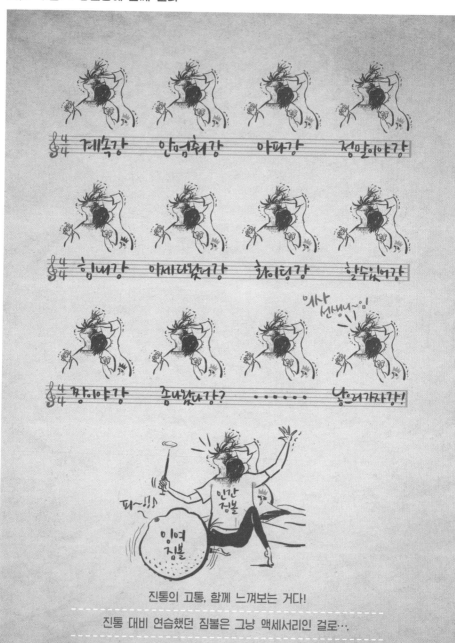

진통의 고통, 함께 느껴보는 거다!

진통 대비 연습했던 짐볼은 그냥 액세서리인 걸로…

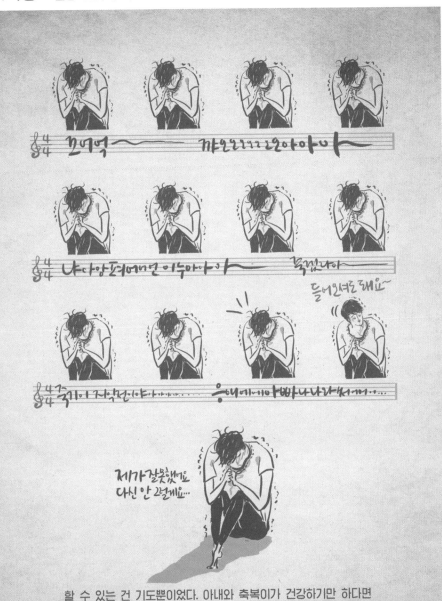

할 수 있는 건 기도뿐이었다. 아내와 축복이가 건강하기만 하다면

뭐든 하겠다고 수천 번 맹세했었지.

태어났다

바로 그날, 우리도 태어났다
⋮
엄마로 그리고 아빠로

반가워...
우리가 너의
엄마 아빠야.

응애 어엉아보라뿌엇~

이제는 아빠 차례.

이 두 여자는 내가 지킨다.

아빠 닮았네

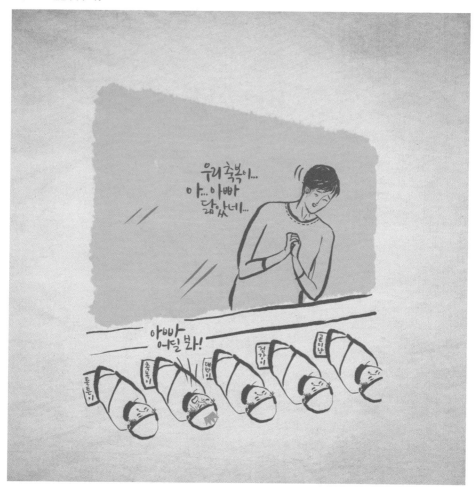

닮았네. 밤새 정신 줄 놓고 보니 닮았네.

모자 쓰니 더 닮았네.

앗, 아빠가 미안해, 제정신이 아니었어.

발바닥 통성명

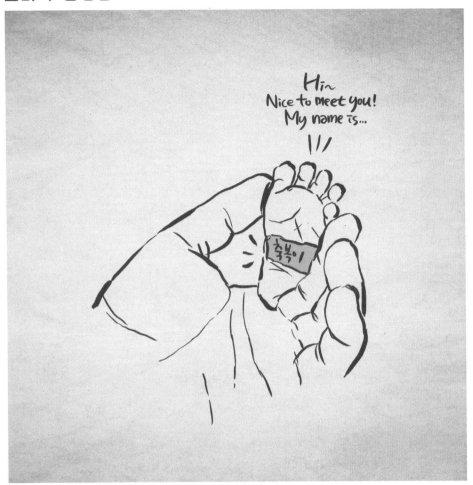

"아빠, 제가 축복이예요!"

아직 이름이 없는 축복이와

발바닥으로 통성명.

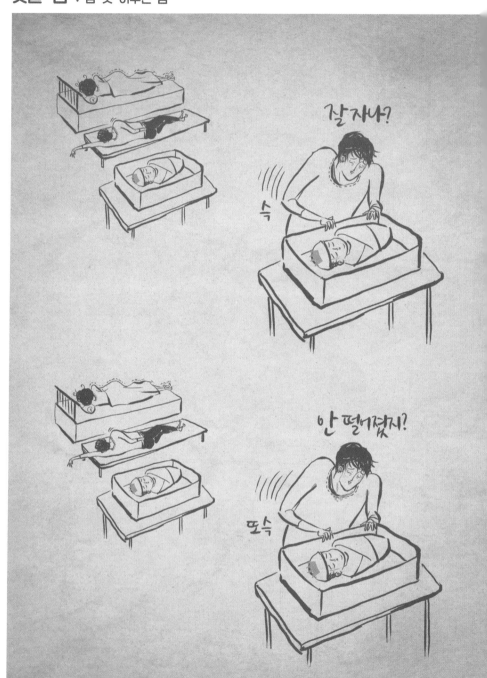

아빠는 설렘에,

엄마는 산후 통증에,

축복이는 낯섦에,

모두 잠 못 이루던 밤.

목 조심

내가 아빠라니...

축복아, 아빠는 우리축복이를
앞으로 정말정말 사랑할게야
좋은 것만 먹이고
좋은것만 보여줄게야
우리 축복이를 위해서라면
아빠는 무든지 할수있어
나중에 커서 우리 축복이
눈물 나게 하는놈 있으면
아빠는 정말 가만히 안 있을까
근데 나중에 결혼할 꺼야?
아빠는 우리축복이랑 쭉~
살고 싶은데... 남자친구 생기면
아빠 슬플거 같은데...
주저리 주저리...

ㄸㄸㄸ

아이를 안다 보면 뭉클해지기에

잡생각이 많아진다.

조심하고 또 조심하자. 목! 목! 목!

운전이 무서워

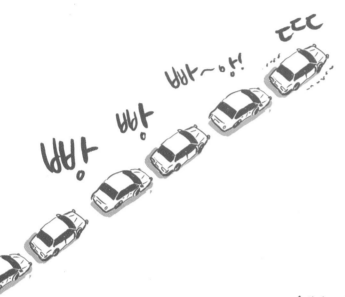

운전 경력 10년 중

가장 불안하고 어려웠던 코스.

산부인과에서 조리원까지.

조리원 찜질방

조리도 하고, 찜질도 하고.

남편들, 어서 와. 조리원 찜질방은 처음이지?

이렇게 더울 줄 몰랐어.

모유 수유

남편으로서 해줄 수 있는 게 아무것도 없다는 자책감.

모유 수유는 못해도 페이크는 가능하다!

울음소리

아기마다 고유의 울음소리가 있다는 걸
나중에야 알게 되었다.

미역국 파티

오늘 아침 너와 나 단둘이서 미역국 파티 파티~

오늘 점심 너와 나 단둘이서 미역국 파티 파티~

오늘 밤 너와 나 단둘이서 미역국 파티 파티~

이름 짓기

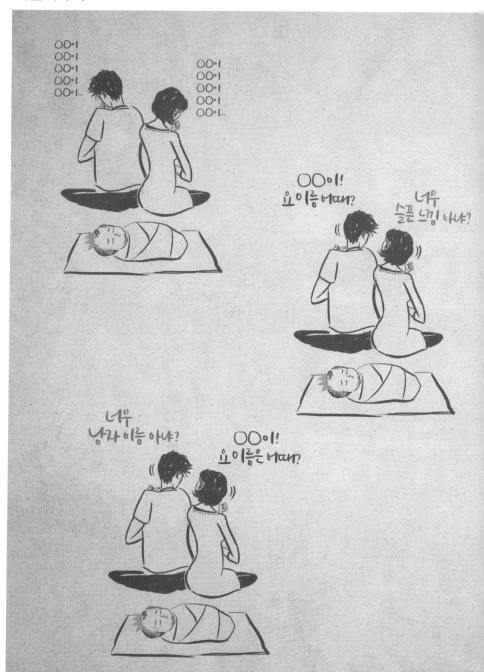

이름 고민하다 출생신고 늦을 뻔…

출생신고 : 뭉클한 신고

세상에서 가장 뭉클한 신고.

이런 신고는 열 번도 더 하고 싶다.

어? 아… 아니야, 여보.

사진을 보면

"아빠, 힘내세요!"라고 사진이 말하고 있다.

이제는 내 감정만, 나만 생각할 수 없다.

아빠라는, 가장이라는 책임감이 다가오기 시작했다.

집중이 안 돼

딸 보고 싶다...

자꾸고 한귀로 흘러나...

맘마는 잘 먹나? 잠은 잘 자나? 응가는 잘 싸나?

아… 아빠는 안 보고 싶나?

조리원에 있는 딸이 자꾸 생각나!

조리원 남녀

첫날은 모두가 어색하지만

2주 뒤에는 남자들만 어색하다.

03 아빠 한 살

초보 아빠로서 정신없이 기어 다니다가
이제는 제법 걸음마를 시작하는 수준이 되었다.
아직은 육아의 최전방이지만 그래도 약간의 시간적 여유가 생기고,
약간의 외출도 가능해졌으니 아기와 함께 추억을 쌓으러 나간다.
그런데 우리나라에 이렇게 언덕이 많았나?

우리나라에
이렇게언덕이
많았나...

아이 컨택

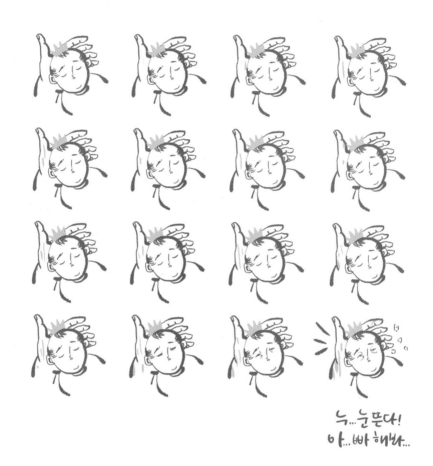

눈 뜨는 시간이 정말 짧다.

아주 가끔 눈 떴을 때 놓치지 말고 아이 컨택!

안을 땐 손 조심

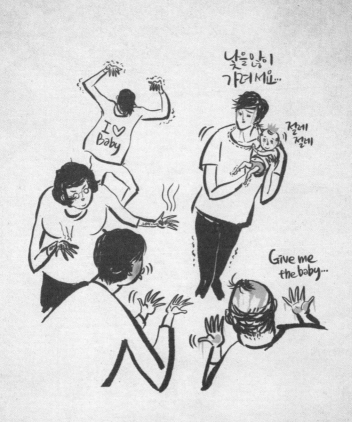

아기 보러 오신 손님 여러분.

아기 안을 때는 손을 꼭 씻어주세요!

네일 케어

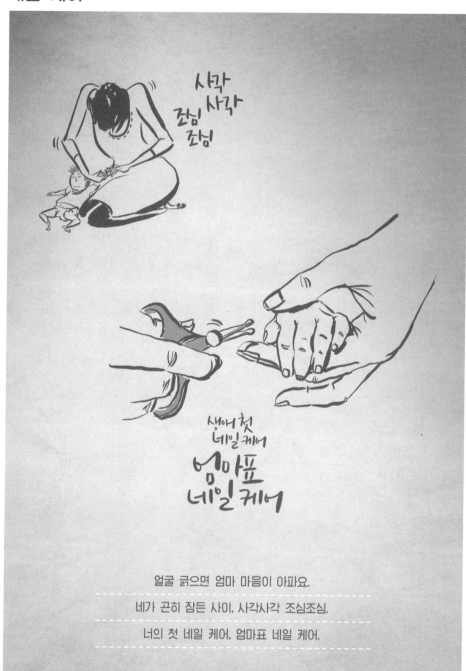

사각
사각
조심
조심

생애 첫
네일 케어
엄마표
네일 케어

얼굴 긁으면 엄마 마음이 아파요.

네가 곤히 잠든 사이. 사각사각 조심조심.

너의 첫 네일 케어. 엄마표 네일 케어.

때로는 얄미워

가끔은 좀 얄밉지만 그래도 건강하게만 자라다오.

밥 먹고 바로 누우면 안 돼! 트림하고 자야지!

필요한 사람

꼭 필요한 사람이
되고 싶어서...

공부도 열심히 하고

살도 열심히 빼고

이번 면접은
붙어야 하는데...

화장도 열심히 배웠다

보...
보여주세요...

아이를 낳고 알았다

간지러워
하하

특별히 애쓰지 않아도

남보다 잘하는게 없어도

엄마라는 이유 하나로

꼭
필요한 사람이
된다는 걸...

트림 미션

트림시키다 보면 아기가 가끔씩 분수처럼 토하는데

더 무서운 건 다시 모유 수유를 해야 하는 아내 얼굴…

왜 울어

쉬 쌌어?
배고파?
졸리니?
안아줘?
왜 울어, 계속...
이유도 모르게...

울음의 이유

쉬　　　응가　　　쩝쩝　　　짜증

화남　　　삐침　　　피곤　　　졸림

공허　　　허기짐　　　배고픔　　　엄마 찌찌

괜찮아요, 엄마!

내가 우는 게 우는 게 아니야!

산후 우울증

그래, 여보야. 내가 다 참을게!

근데 왜 시간이 지난 지금도 똑같은 거지? 응?

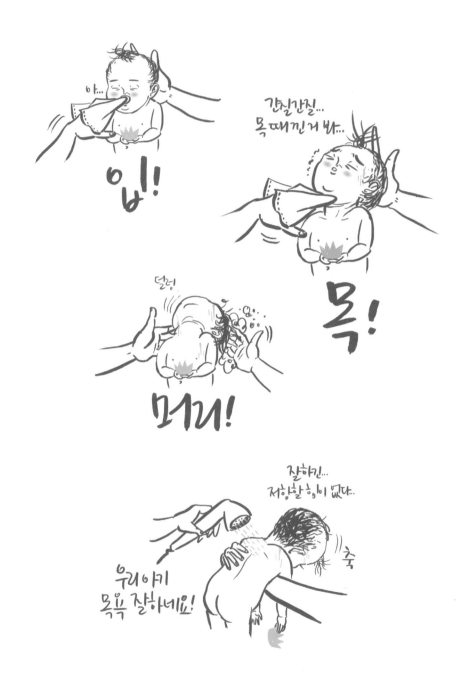

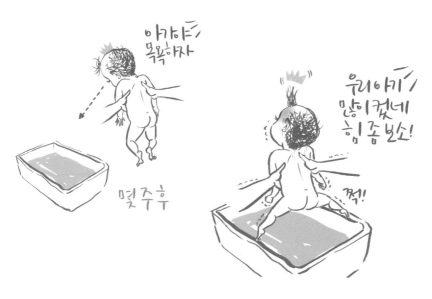

아가야
목욕하자

멷주후

우리아기
많이컸네
힘좀보소!

쩍!

낚시 놀이
재밌겠지요?
드루와 드루와

흠...
(거품은없네...)

멷달후

힘이 세어질수록 의사 표현도 늘어난다.

그래, 기억하라고! 그 배짱 그대로 사는 거다!

하지만 목욕할 땐 힘주지 말기.

우리 제법 잘 어울려요

우리 이렇게 사랑하고 있는 중.

손 탄 자장가

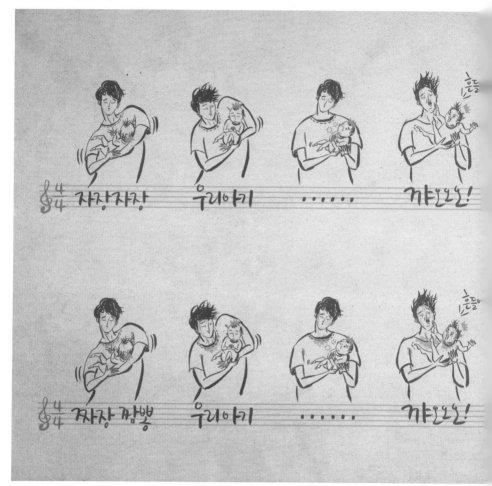

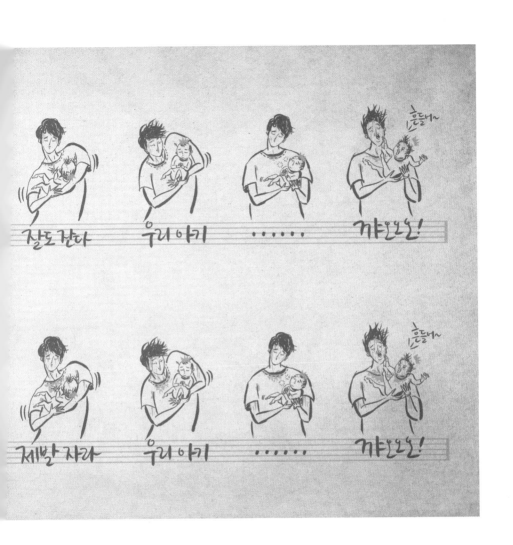

힘들어도 너를 오랫동안 안을 수 있어서 행복해.

후에 이 순간을 그리워하겠지.

그래도 지금은 얼른 자라.

눕히는 기술

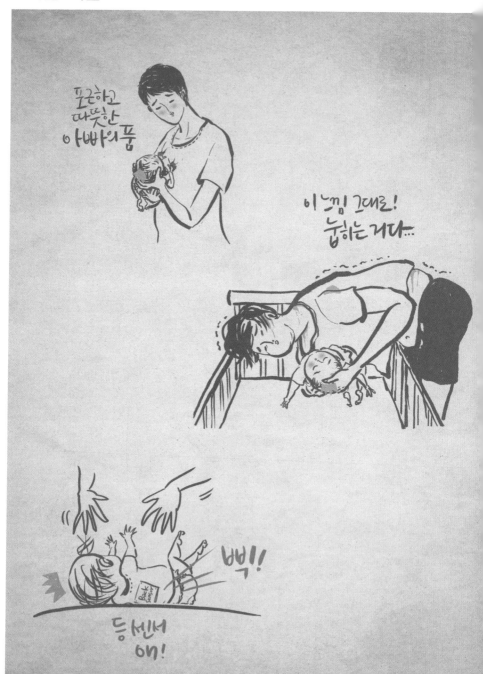

포근하고
따뜻한
아빠의 품

이 느낌 그대로!
눕히는 거다...

빡!!

등센서
야!

110

'손 탄 자장가' 무한 반복 후에 겨우 재웠는데

아기 등에 달린 센서가 가동되었다면?

각종 신공들이 안 통한다면

기저귀를 의심해본다.

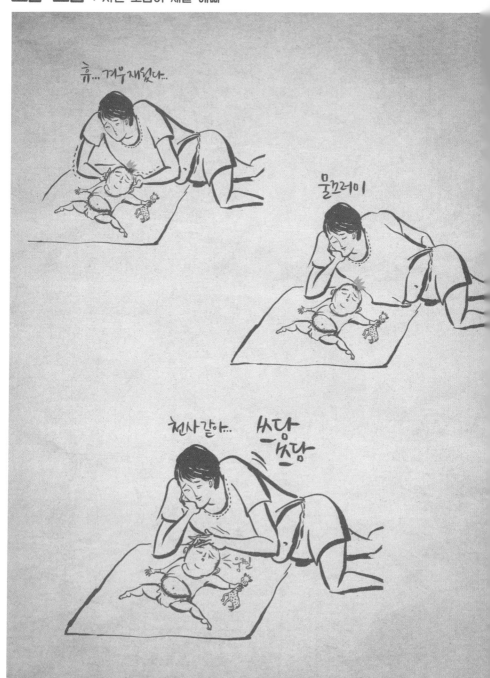

등 센서 겨우 껐는데…
자는 모습이 예쁘더라도 절대 건드리지 말 것!

낯가림 : 누구세요?

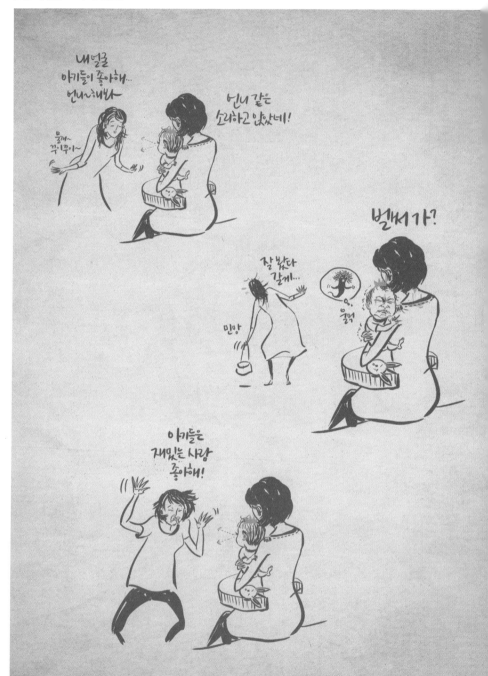

아기 낯가림 때문에 민망해져도

친구분들, 더 놀다 가세요!

우리 와이프 심심해….

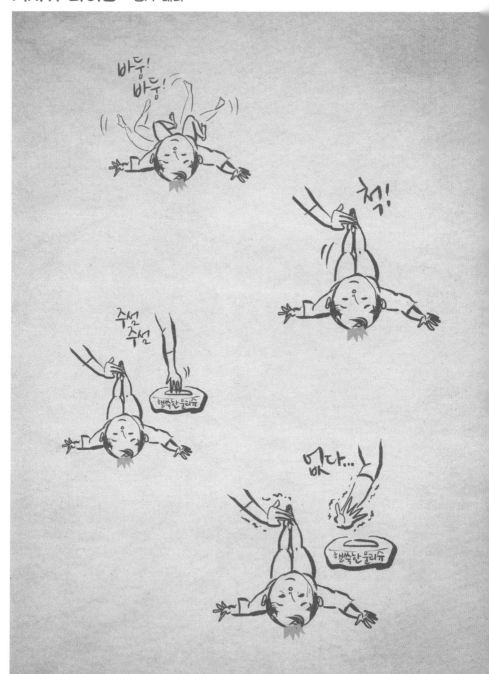

바둥거리는 발은 오래 기다려주지 않는다.

응가 테러를 피하고 싶다면 물티슈 확인은 미리미리.

짭짭짭!
사랑하는
나의 아가야

척!
이담에 커서
세상이 네게 등을 돌려도

부르르
혼자 힘으로
목 가누었던 것을
잊지마라

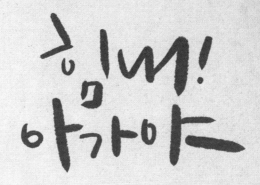

일부러 뒤집어서 미안하다, 딸아.

인생 수업이라고 생각해.

옹알이 대화 : 대화가 필요해

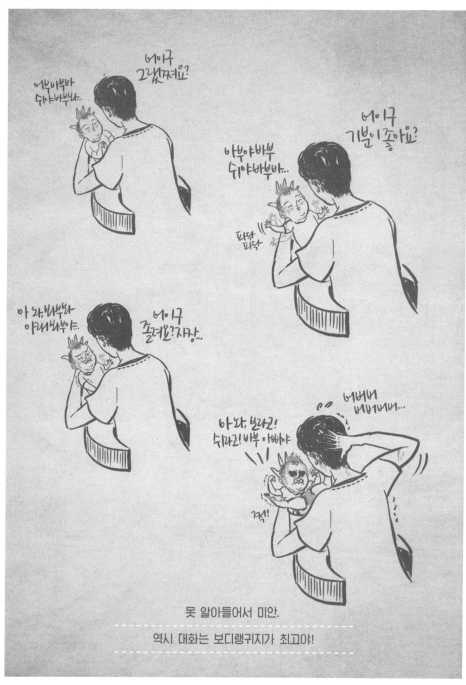

대화하고 싶다

옹알이도 귀엽지만 말문은 언제 트이려나?

어떤 미래일지 예상은 가지만, 그래도 대화하고 싶어!

밤이면 밤마다

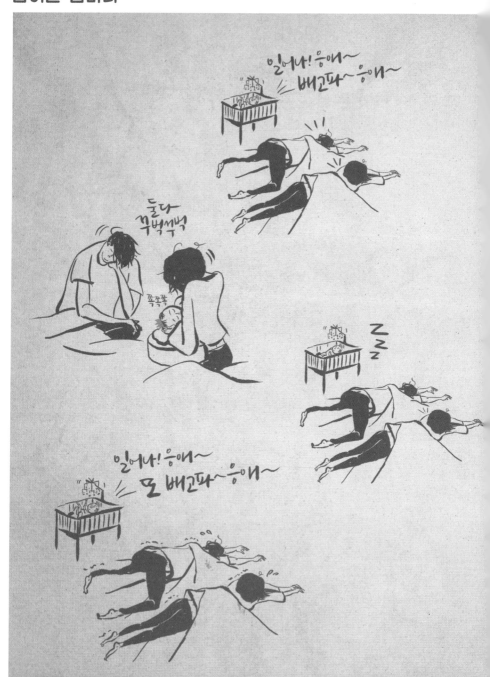

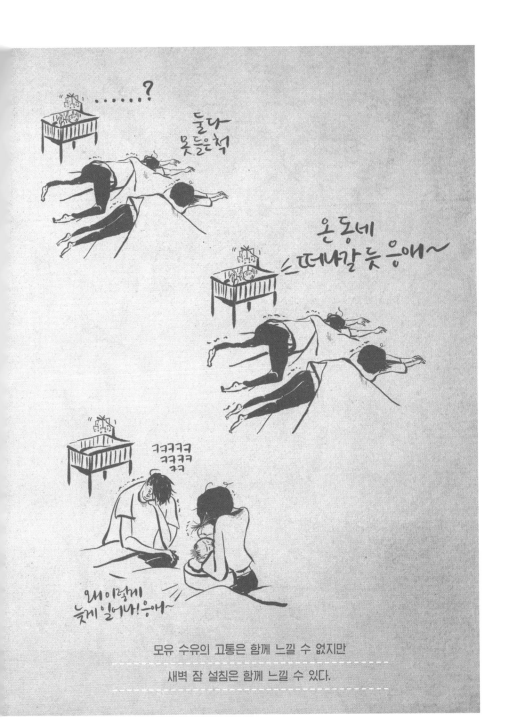

모유 수유의 고통은 함께 느낄 수 없지만

새벽 잠 설침은 함께 느낄 수 있다.

백일의 기적

우리 집에도 백일의 기적이 찾아왔다!

백일 동안 고생했어, 여보. 그리고 나, 흑….

백일 사진

예쁘게 꾸미고 왔는데 자면 어떡해!

살면서 힘들고
지칠 때면
너의 뒤에서
언제나 아빠가
사랑으로 받쳐줄게

-너의 뒤에서

삶이 지치고 힘들 때 늘 아빠가 있어주겠지만.

그래도 지금은 졸지 말고 사진 찍고 집에 가서 자자.

너무 예쁘지

적당히 보여주는 거다.

기어 다닌다

아기가 기어 다니게 되면서 신경 쓸 일이 많아졌다.

안녕, 우리의 평화로웠던 일상.

젖니가 났어요

침을 질질 흘리며 이것저것 다 입으로 가져간다면

이가 났는지 확인해보자. 성장의 뿌듯함을 만끽!

이유식 시작

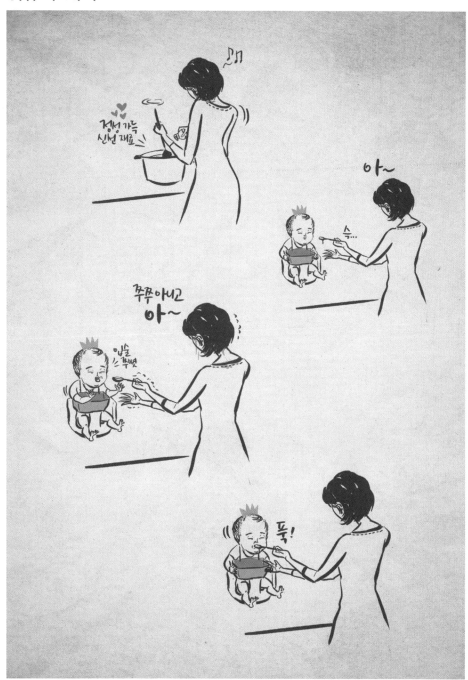

1차는 이유식, 2차는 모유!

먹는 건지 뱉는 건지…

나갔어

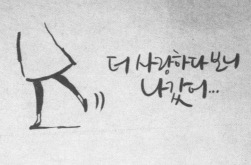

더 사랑하다 보니 나갔어...

더 함께하다 보니 나갔어...

집 밖은 못 나갔어...

손목이 나갔어...

이때 집 나간 손목이 아직도 안 돌아왔다.

손목아, 이제 그만 돌아와!

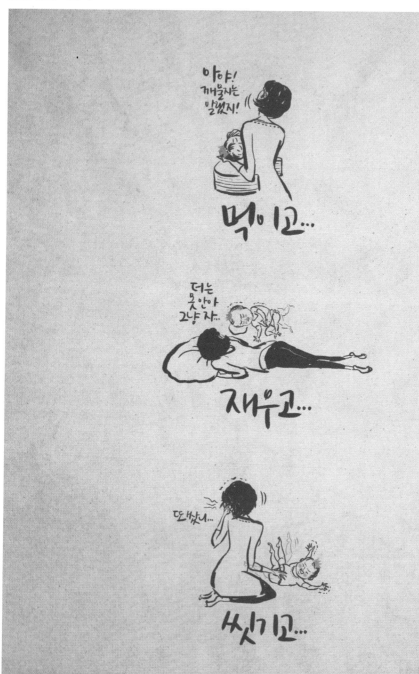

매운 김치
먹고 싶다...

· · · · · ·

그렇게
또 하루가 가고...

육아에지친아내를
구하기위해칼퇴근한

슈퍼맨이
돌아왔다

드라이브
가자!

집에서 혼자 아기와 씨름하다가

지쳐가는 아내를 구해주자!

떨어뜨리는 게 재밌어

만유인력의 법칙을 공부해요.

아빠라고 불러줘

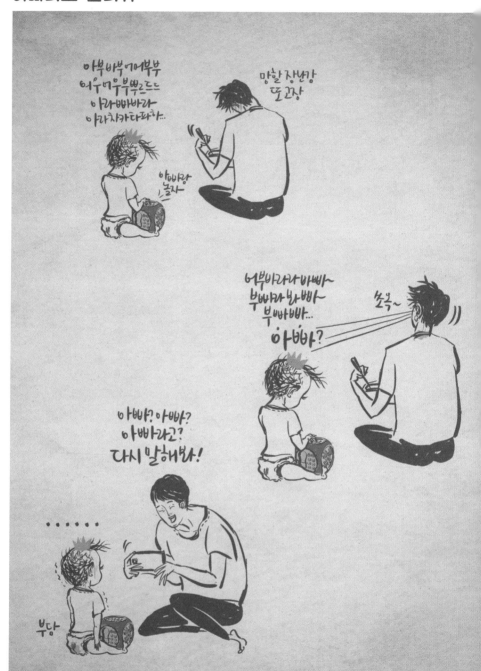

옹알이 속에 '빠빠'만 섞여도 설렌다.

I'm your father.

아빠라고 해보렴.

우리 집 모닝콜

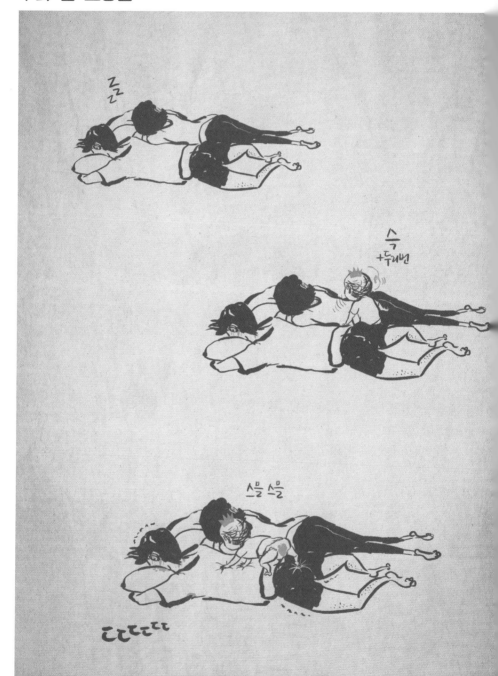

우리 집에 귀여운 모닝콜 시계가 하나 생겼다.

외출

상쾌하게, 맑게, 간편하게~ Yeah~

무겁게, 팔 아프게, 거추장스럽게~ Oops!

그래도 이 또한 추억이 되리라!

재우다 졸기

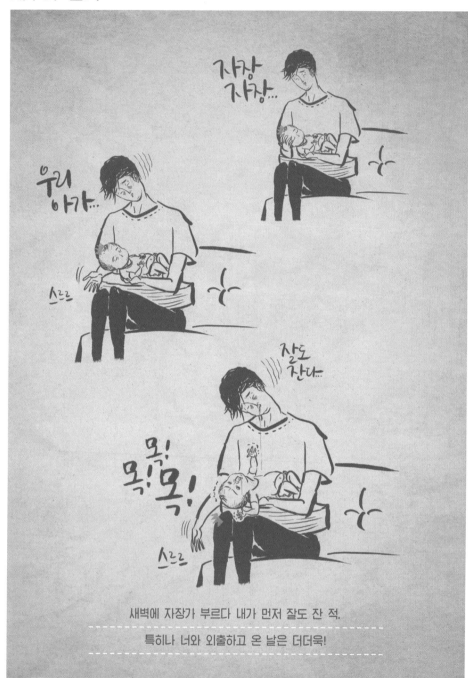

새벽에 자장가 부르다 내가 먼저 잘도 잔 적.

특히나 너와 외출하고 온 날은 더더욱!

체온 재기

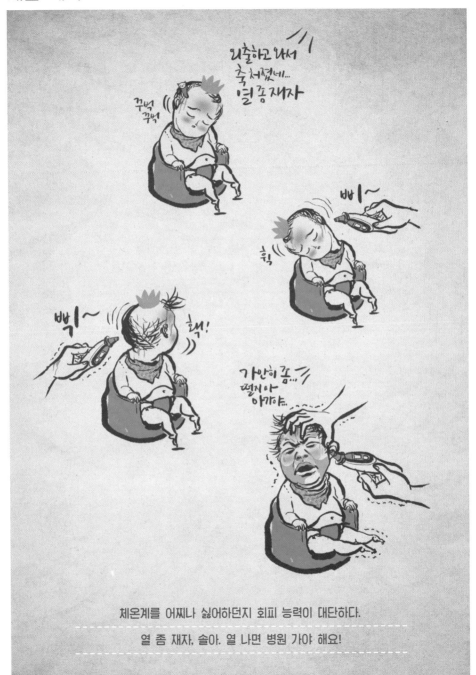

체온계를 어찌나 싫어하던지 회피 능력이 대단하다.

열 좀 재자, 솔아. 열 나면 병원 가야 해요!

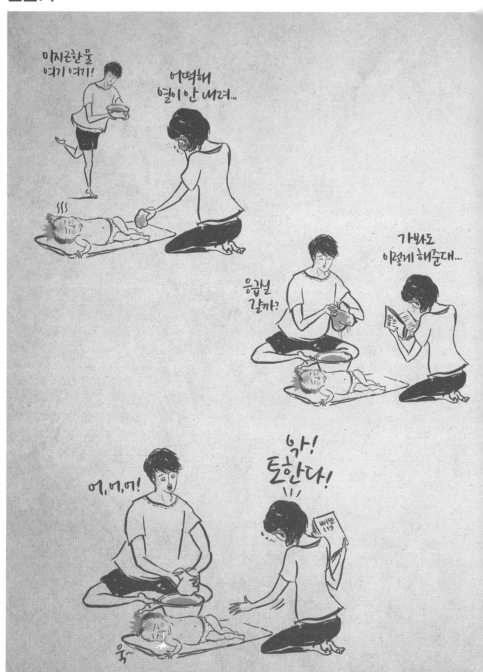

그날밤, 어머니가 어릴적 나에게
하셨던 말씀이 떠올랐다

넌 대신
엄마가
아팠으면
좋겠어...

해열제
다 토한거
같은데?

더 먹이면
안돼...

153

감기 옮아서 몸은 아프지만

그래도 네가 다 나아서

아빠 마음은 안 아프다.

코 막히는 한판 승부

보행기 범퍼카

이뽀
이뽀~

발발발발

동에 번쩍! 서에 번쩍!

신 나는 보행기 범퍼카, 아빠 GPS는 필수입니다!

157

걸음마 연습

붕붕카로 걷기 연습 잘못하면

네가 걷는 게 걷는 게 아니야!

엄마, 엄마!

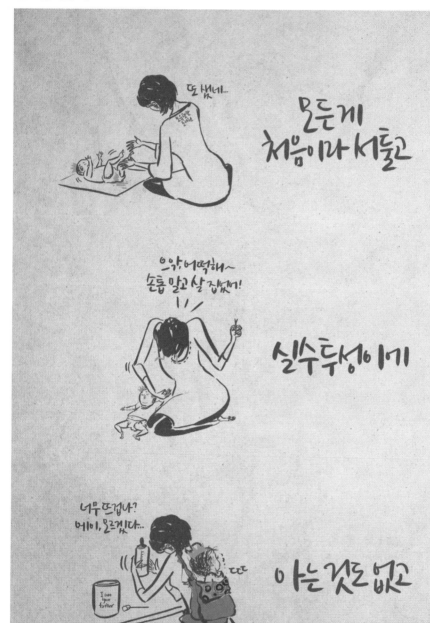

체력도
많이 약해지며

인내심도 부족한

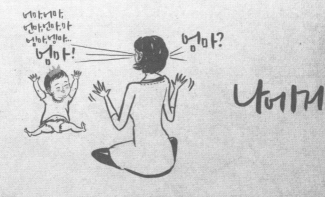

나에게...

엄마라고
불러줘서
고마워

엄마,엄마,
엄마엄마,
엄마!!

엄마라고?
엄마?엄마?
다시말해봐
≡ 엄~마

엄마,엄마,
엄마…

아빠,
아빠,
해봐요…

이제 아빠라고도 슬슬 불러야지?

- -

혼내기 힘들어

혼낼 때는 혼내야 하는데…

아빠, 아빠!

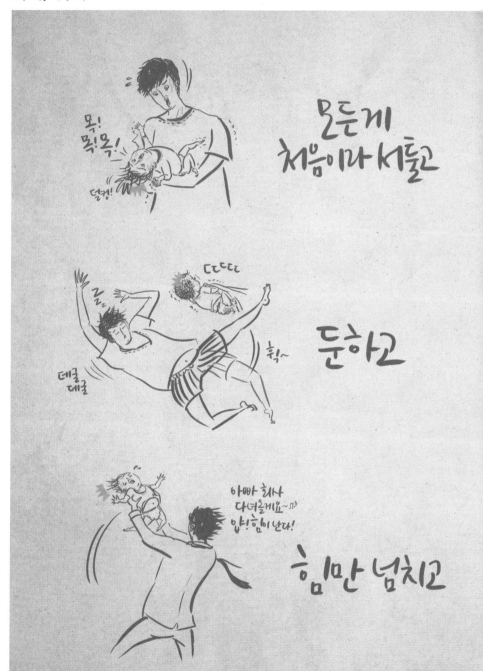

마음만 앞서며

밤이 되어서야
볼 수 있는

이런 나에게...

아빠라고 불러줘서 고마워

아빠아빠아빠,
아빠아빠아빠
아빠빠빠~

'아빠 최고!'
라고도 말해봐

내가 너의 아빠라서 행복해!

전화 통화

세상 밖으로

벌써부터 겁먹지 말라고!

이제 세상 밖으로 첫 걸음마 시작이니까!

싸고 또 싸고

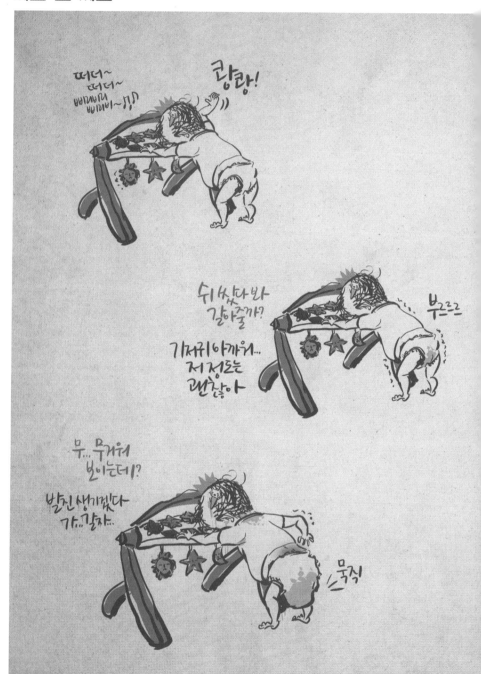

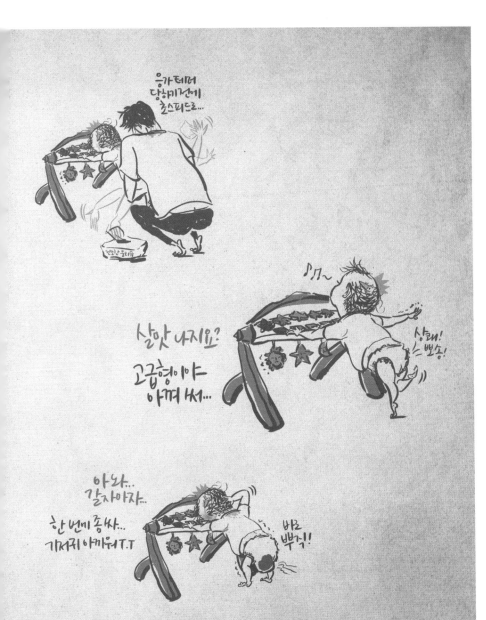

가정 경제냐, 엉덩이 발진이냐.

그것이 문제로다!

말을 못하니까

귀를 더기울이게 된다

사랑스러운 행동을 해서
사랑하는 게 아니라

그 반대라서
사랑하게 된다는 걸

아빠가
되어서야 알았다

아무것도
못해서
더 사랑하게
된다는걸

아빠 눈에는 너의 모든 게 사랑스러워!

04 아빠 두 살

엄마, 아빠, 맘마, 무(물), 나무, 빵, 까까, 어흥, 할미, 하비, 찌찌, 입, 배꼬(배꼽),
그 외에는 손가락질과 머리 잡아당기기, 빤히 쳐다보기와 울음으로 해결.
어쨌거나 소통이 가능해졌다. 어설프게나마 의사를 전달하는 모습을 보며
이제야 좀 사람답구나 싶어 감동의 박수를 친다.
이제야 제법 아빠다워진 나에게도 박수를 친다.

돌잔치

여기는 분위기는 좋은데
혀익이 별로라고...
이 드레스는 어때?
이 한복은 별로지? 색은 예쁜데...
이 돌상 고급스러운데 비싸!
그래도 그냥 이거할까?
돌아넌어느게 예뻐?
베베2만하고 말좀해봐...

푹푹
드레그

어렵게 준비하고

아기가지금
컨디션이안좋아서...

정신없이 치른 돌잔치

178

네가 커서 무엇이 되든...

아무 탈 없이
건강하게,
바르게, 행복하게
자랐으면 해...

너의 첫 생일을 축하해!

폭풍 잠투정

졸리면 자면 되지!

폭풍이 지나가기만을 바랄 뿐!

엄마, 어디 가

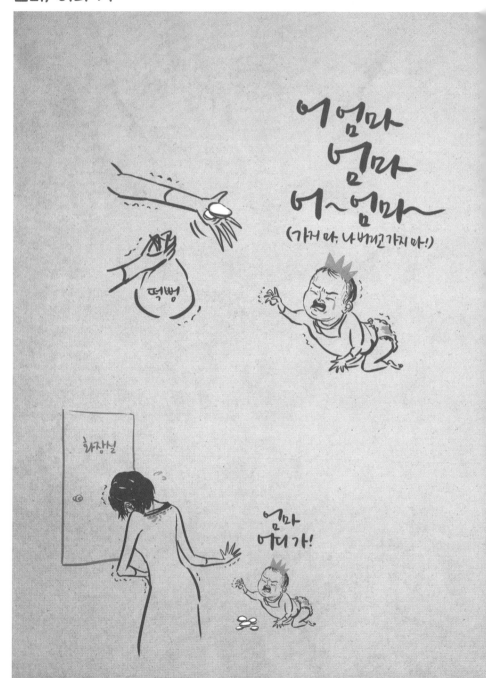

좋냐...

엄마와 언제 어디서나 24시간 동기화.
- -
엄마 멀리 안 가! 울지 좀 마!
- -
엄마 변비 걸려….
- -

엄마 껌딱지

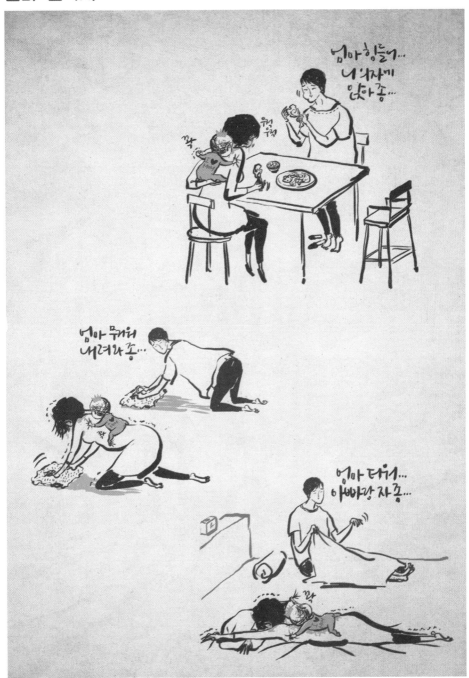

엄마와 애착 형성이 참 잘되어서 그런가?

엄마만 찾니? 아빠한테도 좀 오라고!

서운하다! 나쁜 아빠 같잖아!

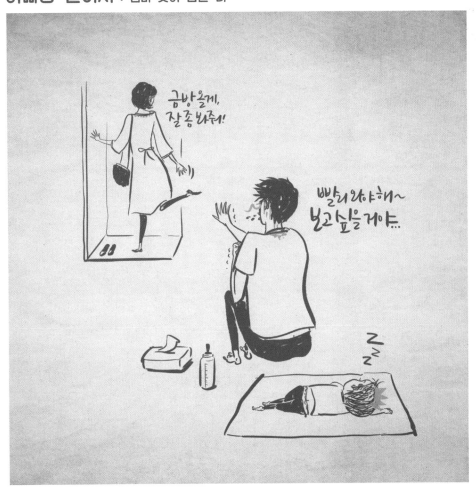

엄마는 외출하고 아빠만 있다. 어떡하지?

자다가 깨면 시작되는
엄마찾아 삼만리

엄마랑 애착 관계 형성 중엔 방법이 없다.

같이 우는 방법 외엔…. 여보야~~

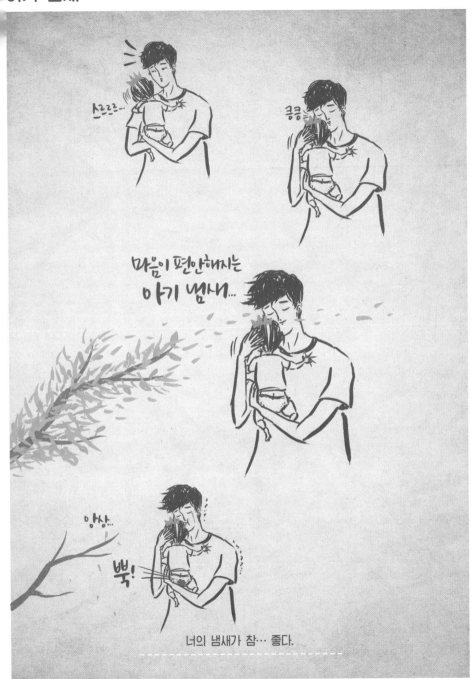

계단의 맛

불안 불안

사사삭

걷는 재미에 빠지고부터 계단만 보면 지나치지 않는다.

고마워, 아빠 뱃살 관리해줘서….

등반 본능

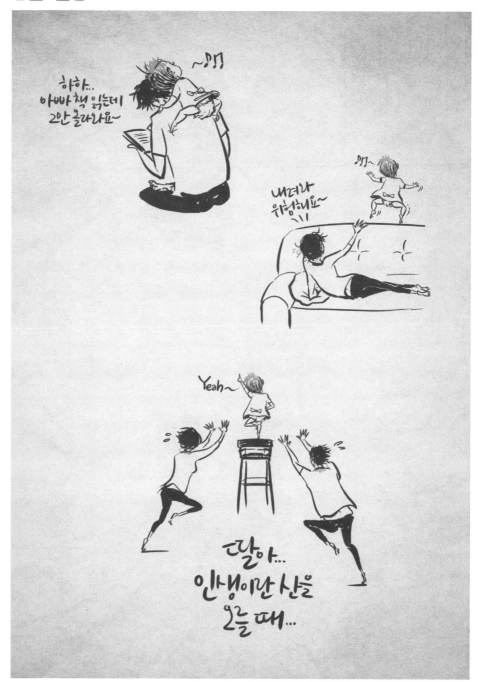

성공이란
정상보다는

나중에 커서 자꾸 올라가고만 싶어질 때,

그때 자신이 어떤 산을 오르고 있는지 잘 판단하고 올라가렴.

인형 놀이

그래도 여잔데 맨날 내복이라니...

엄마 아빠

음... 맨날 배 바지에...

주섬 주섬

꾸역 꾸역

좀 애매한데

짠!

음... 좀 더 여성스럽게...

동양이는 괜찮은 듯...

또 짠!

좀 더 과감하게...

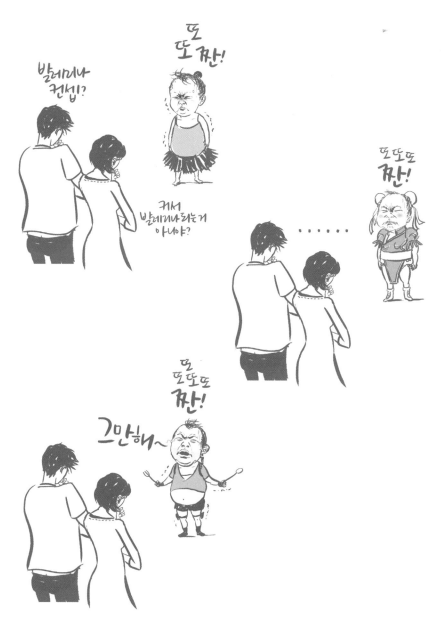

미안해. 예쁘게 이것저것 코스프레시켜보고 싶었어!

외출 준비 : 딸이라고요!

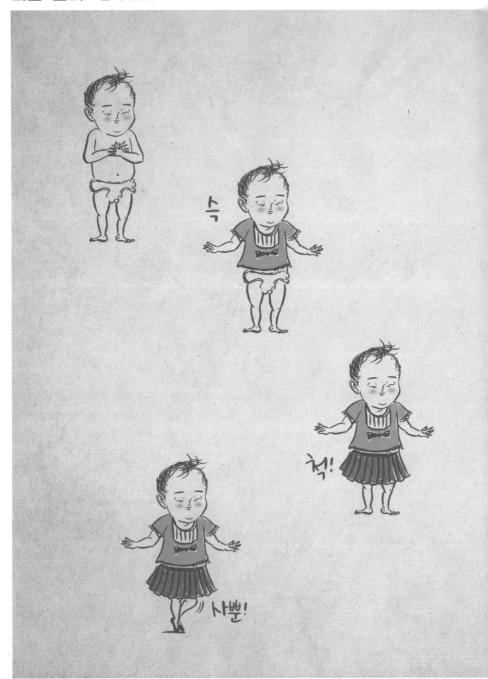

분홍색으로 도배한 거 안 보이세요? ㅜ.ㅠ

머리카락은 없고 눈물은 많았던 솔이의 흑역사.

슬픈 삭발식

이… 이렇게 하면 머리숱 많아진대!

할머니가 그랬어…

모유야 안녕

엄마도 아기도 마음 아픈 이별

모유야,
이젠안녕...

세상이 다
끝난 것처럼 울지 마...
마음 또 약해지게...

독해져야 끊을 수 있는 모유.

독해지기 어려운 엄마의 마음.

은근 재밌네

무심코 보다가 즐겨 보는 만화영화가 생겼다.

한밤중의 불청객

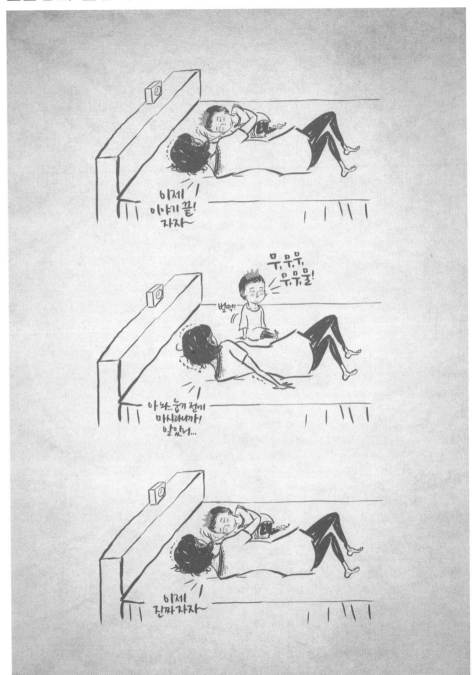

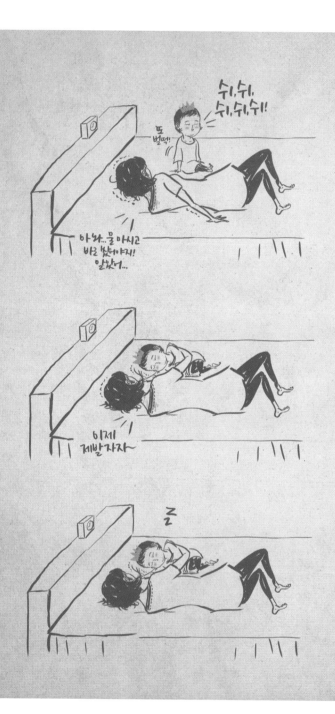

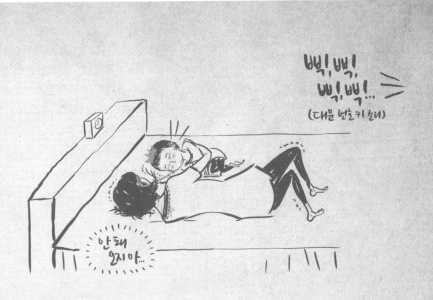

옛날이야기 무한 반복으로 어렵게 재웠는데

잠들 때쯤 퇴근하는 아빠의 절묘한 타이밍!

궁금해

아… 아빠는 남자라서 다른 거야!

듣고 있어요

낮말도 아기가 듣고 밤말도 아기가 듣는다!

말 조심, 또 말 조심!

아빠 복음

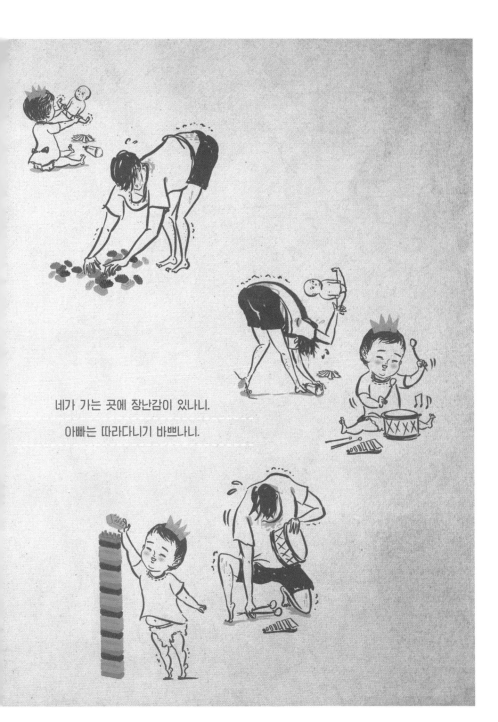

네가 가는 곳에 장난감이 있나니.

아빠는 따라다니기 바쁘나니.

퇴근의 맛

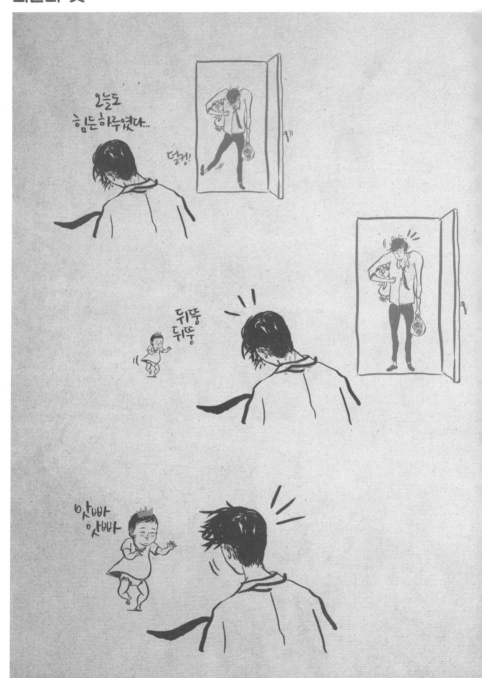

솔이가 걸어 다닐 수 있게 되면서 아빠는 퇴근이 더 즐거워졌다.

그래, 바로 이 맛에 퇴근한다!

퇴근의 뒷맛 : 또또또 놀이터

퇴근 후 피로가 풀리고, 피로가 쌓인다.

딸! 기억해줘. 아빠가 열심히 놀아줬다!

가장의 무게

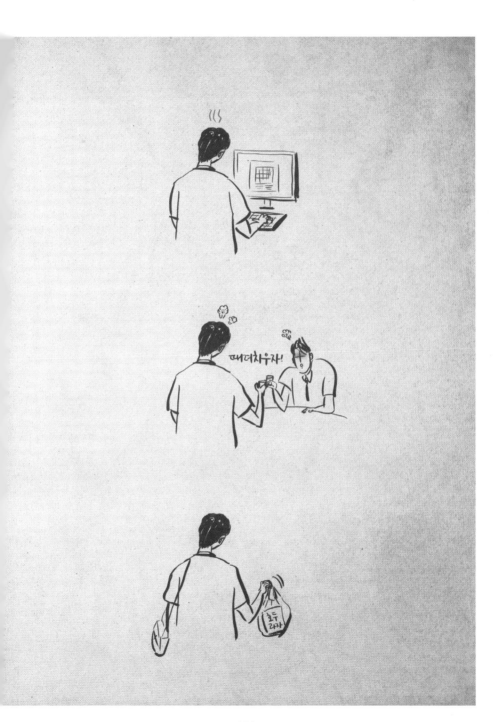

언제나 나의 편이 되어주는 나의 그녀들.

어디를 가느냐

기저귀 가는 게 귀찮은 거야, 아니면 창피해진 거야?

이제부터 배변 훈련 시작이다!

배변 훈련

드디어 처음으로 변기에 쌌다!

기저귀여 안녕~ 냄새여 안녕~

한 번 변기에 성공했다고

또 성공하리란 보장은 없다.

그래도 기특해! 많이 컸다!

둘만의 데이트

첫 동물원

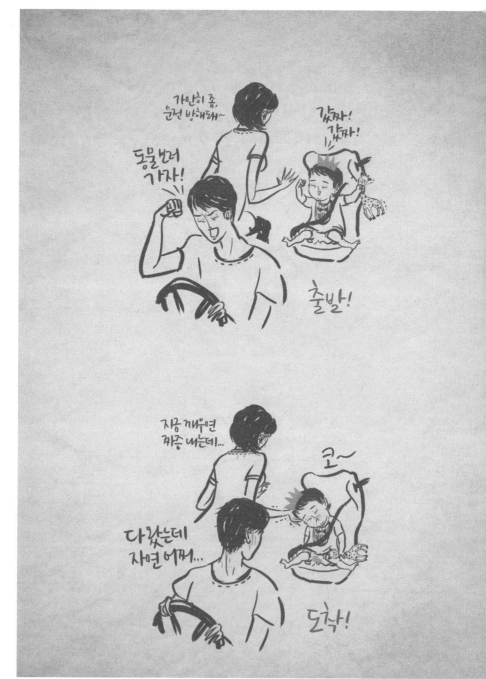

일어나. 네가 좋아하는 기린도 있다고!

차만 타면 잠드는 솔이 덕에

이 시절엔 얼굴 없는 기념사진이 많다.

집에만 오면

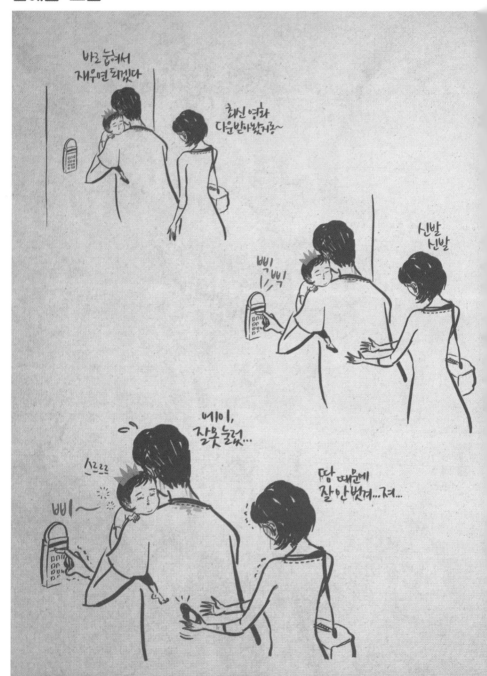

집에만 오면 눈을 뜨는, 잠자는 차 속의 공주님.

엄마 아빠는 밤에 영화도 보고 이것저것 하고 싶다고!

235

이 닦기 : 먹는 거 아니야

사실 아빠도 어릴 적 어린이 치약 많이 먹었다.

숨바꼭질

네 눈에 안 보인다고 꼭꼭 숨은 게 아니거든요~

문화센터에서

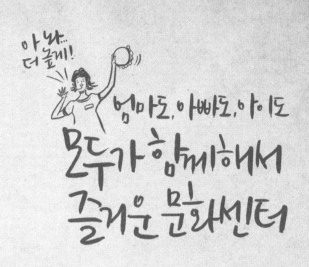

놀이 선생님 신 나고,

아이들도 신 나고,

엄마 아빠 들은 어색해도… 그래도 즐겁지!

갑자기 조용하네

242

갑자기 조용해졌다면 뒤를 돌아보자.

세상을 향해 뛰놀아라

사랑하는
나의딸아...

더 밝게

더 신나게

흥흥
나이키중

더 힘차게

꺄르르르~

세상을 향해
뛰놀거라

아빠
미소

낮에 열심히 뛰놀게 하면 밤에 일찍 잘 잔다.

가끔은 이래줘야 엄마 아빠도 놀 수 있지.

여보야 놀자! 뭐 하고 놀까? 응?

아이의 손과 발

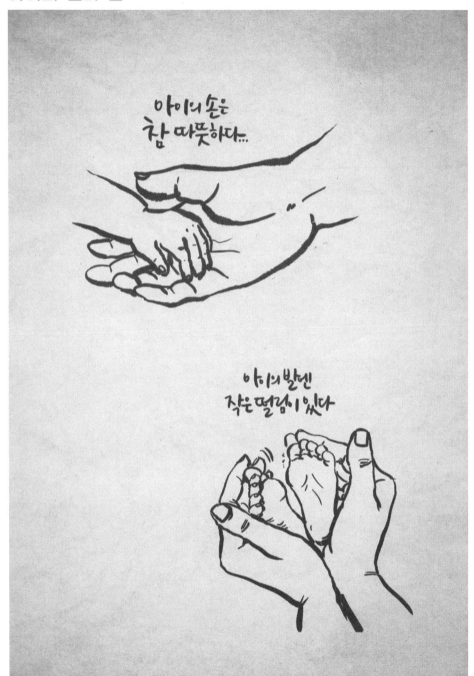

아이의 손은
참 따뜻하다...

아이의 발엔
작은 떨림이 있다

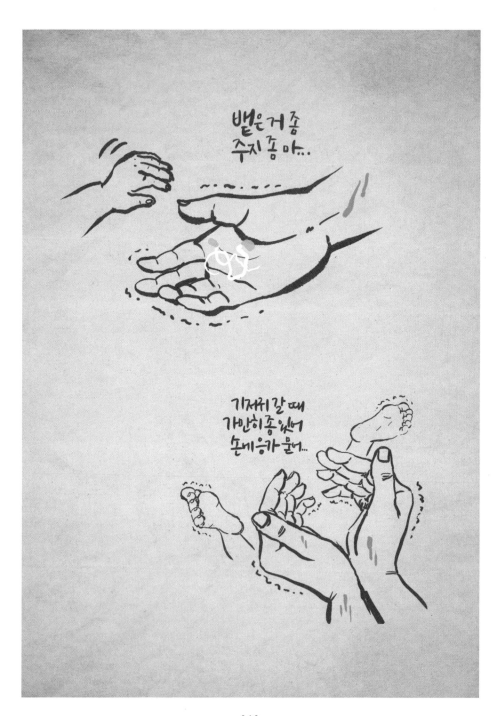

기저귀 변천사

오늘부터 배변 특훈이다!

모든 게 특별해

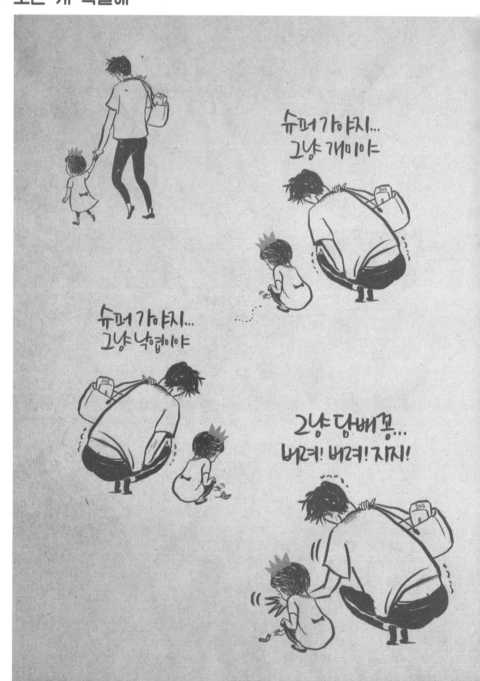

아이처럼 바라보니 모든 것이 특별해!

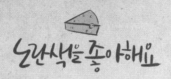

노란색을 좋아해요

독서도 좋아한답니다

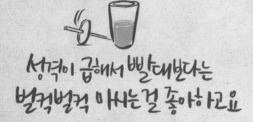

성격이 급해서 벌컥벌컥 마시는걸 좋아하고요

앗! 물놀이도 좋아한답니다

울적해할 땐 떡볶이 최고예요

따라라라 따라라라라
~엘리제를위하여...

그래도 안 될 땐 음악을 들려주세요
베토벤을 좋아한답니다

삑
삑

신발을 들고 온다면
'나가고싶어요' 라는 뜻이에요

엄마 왔다!

휘릭~

며칠 지내니까
아주 잘 노네...

저 혼자해도
되나요...

처음 며칠은 울고 떼쓰고 힘들었지만

조금 지나니 아주 잘 먹고 잘 놀아줬다.

고마워! 잘 있어줘서.

코딱지 공주

놀이 기구 아니야

그만하고 놀이터로 가자.

동네 어르신들 나무에 등 치며 기다리셔.

인생은 타이밍이다

똥꼬 닦다 알게 되었어. 인생은 타이밍이라는 걸.

절묘한 타이밍2

달리지 않으면 우동처럼 변해버린 라면 맛을 보게 된다.

사랑의 이유

아주가끔,
사랑에는 이유가 있다...

어떻게...
사랑이 변하니...

왜...
사랑하는데...

아빠,
사랑해요!

금 싸늘...

그래도 사랑한다.

뭔데 뭔데

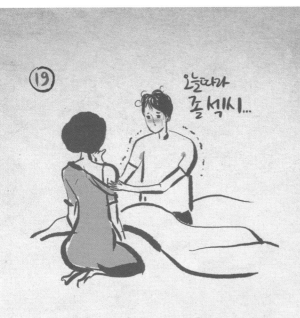

친구를 사귀다

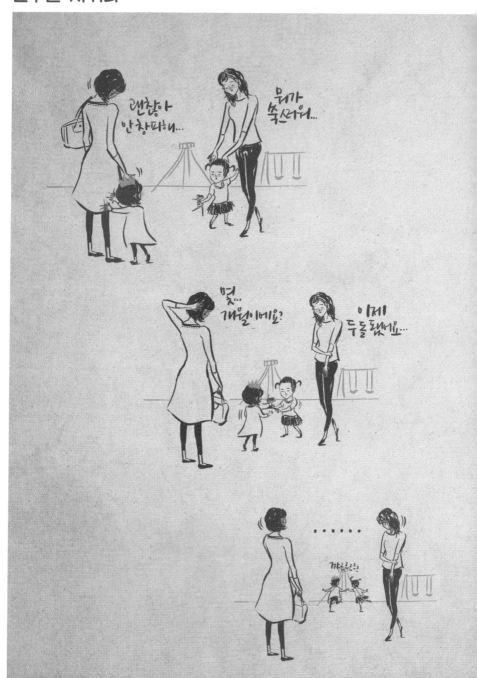

네친구를
만들어주려다
엄마로친구가
생겼어...

이 동네,
사시나 봐요...

네, 이사온지
두 달...2년 됐어요...

쑥스러워하지 마! 엄마잖아!

05 아빠 세 살

"뭐든지 할 수 있어요!" 웃기지 마! 아직 아니라고!
너는 뭐든지 할 수 있을 것 같겠지만 엄마 아빠 눈에서 벗어나면 다칠 수 있단다.
나 역시 이제 어엿한 아빠라고 섣불리 방심하고,
아빠로서 보여서는 안 되는 모습들을 보이기도 했지만,
우리 서로 세 살 되었다고, 몸이 좀 편해졌다고 방심하지는 말자.
자식은 부모의 거울이니까, 나의 모습이 곧 너의 모습이니까, 세 살 버릇 여든까지 가니까.

아이가 있는 집이란

신혼집.

애 키우는 집.
같은 집, 다른 느낌.

그때 그리고 지금

그때는 껌뜩지였지만

지금 생각하면
그때 가장 가깝게 지냈었고

그때는 괴로웠지만

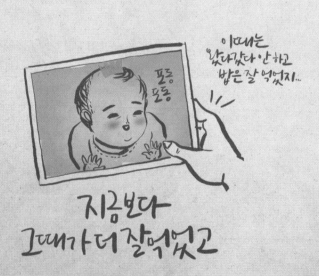

지금보다
그때가 더 잘먹었고

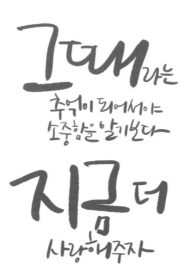

손 잡아줘

어릴 적, 부모님이 슝~을 한 번 이상 안 해주신 이유를
부모가 되어서야 알게 되었다. 그만해! 팔 빠진대!

동네 아쿠아리움

어떤 수족관이든 그냥 지나치지 않는다.

다음 주말에 꼭 아쿠아리움 가자!

스트레스 펑

솔이만 있으면 스트레스 따위 한 방에 날아간다.

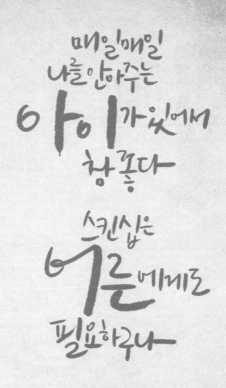

가끔은 아빠가 너를 안아주는 게 아니라

네가 아빠를 안아준다는 생각이 들어.

딸바보의 월요병

아빠 어디가...

일요일 밤만 되면 그놈이 찾아온다.

우리 사이를 갈라놓는 나쁜 그놈. 월. 요. 일.

그래도 가끔은 회사 가고 싶다….

일과 사랑,
둘 다 잘할 수는 없을까

육아의 중심에서 '함께'를 외치다

일   사랑

육아는 함께할 때 균형이 잡힌다.

상처

네 얼굴에 상처,

아빠 마음에 상처.

싸우지 마

Happy ending ♥♥

네 덕분에 화해가 쉬워졌어.

취향이 생기다

너의 패션 감각은 존중한다.

그래도 빨리 입고 나가야지!

신발 신겨줘

신발 신을 때 머리 좀 잡지 마! 어깨를 잡으라고!

가방 들어주는 남자

사랑하는 여자의 가방을 들어주는 남자.

오빠 VS 아빠

멘붕 카페

키즈 카페에만 오면 멘붕이 온다.

여보야, 커피 맛있어?

교육의 중요성

개 ☞ 강아지

개 ☞ 꽃게

뭐든지 따라 해요

저는요...
우리아빠가

너무너무
좋아서요...

뭐든지
따라 해요!

부모는
가르치는게
아니라
보이는것이다

부모는 자식의 거울이다.

야단

혼낼 때는 혼내야 하지만 마음이 너무 아프다.

항상 너에게 착하고 좋은 아빠로 기억되기를 바라며….

놀아줘

시간이 지나서 후회하지 말고
놀아줄 수 있을 때 놀아줘야지.

죽은 척

죽은 척하고 대충 놀아주면 아주 죽는 거다!

아빠 이제 한스 왕자 그만할래. 밟지 좀 마….

마사지 놀이

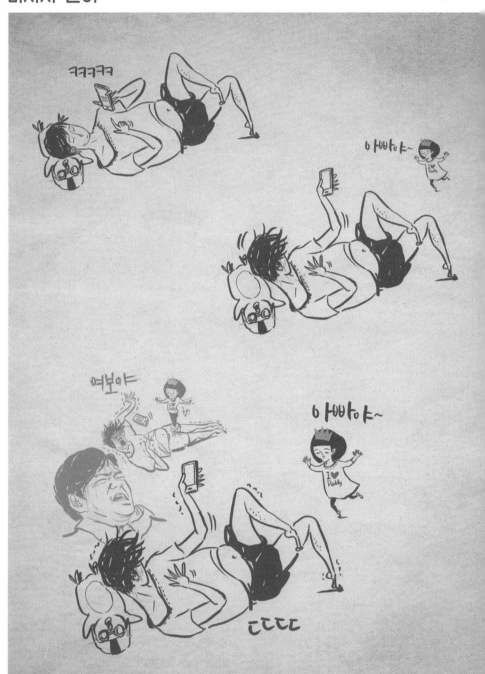

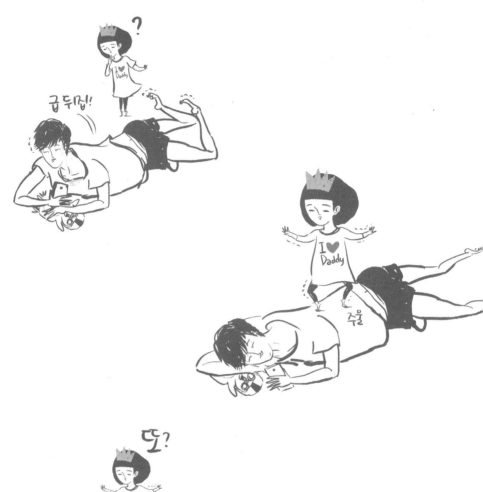

아빠 짱 별자리

잘 놀아주는 아빠들에게만 보인다는 아빠 짱 별자리.

아빠 짱이지?

우리 이모

이모가 그렇게 좋니?

엄마 아빠도 이모, 삼촌이 참 좋다.

밥을 물고만 있으면 한 번씩 볼을 콕! 찔러줘야 한다.

보고 또 보고

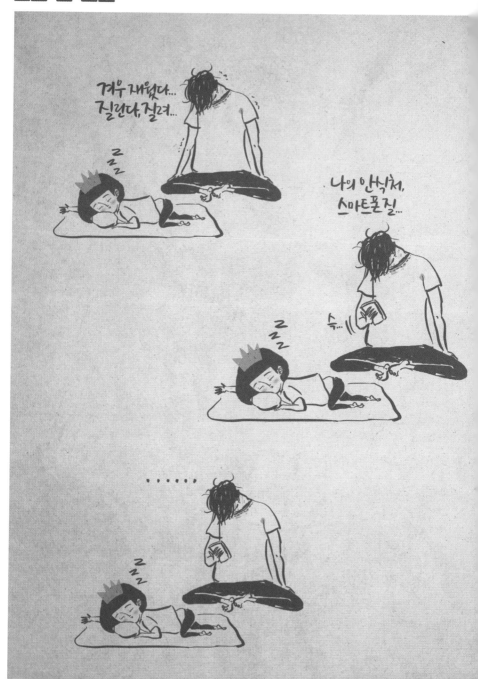

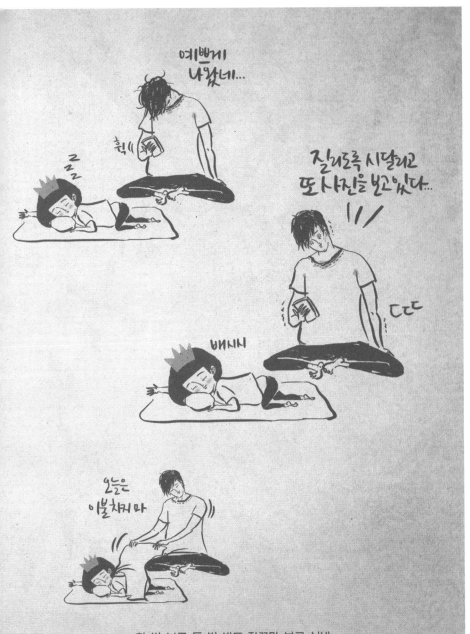

한 번 보고 두 번 봐도 자꾸만 보고 싶네~

아이의 질문

아빠,
달팽이는 왜 저렇게
느려요?

등에 항상
무거운 짐을 들고 다녀서잖아...

그럼, 저 짐을
버리고 가면 되잖아요

살다 보면 크든 작든
짐 하나씩은 짊어지고
살 수밖에 없거든...

느리게 가도
괜찮아요?

그럼...
달팽이는 느리지만
자기 사는데
아무 지장 없어...

달팽이처럼 느려도
꾸준히 앞으로 나가는
사랑이 됐으면 해
ㅆ

-아이의 질문에서 배웠어

간지럼

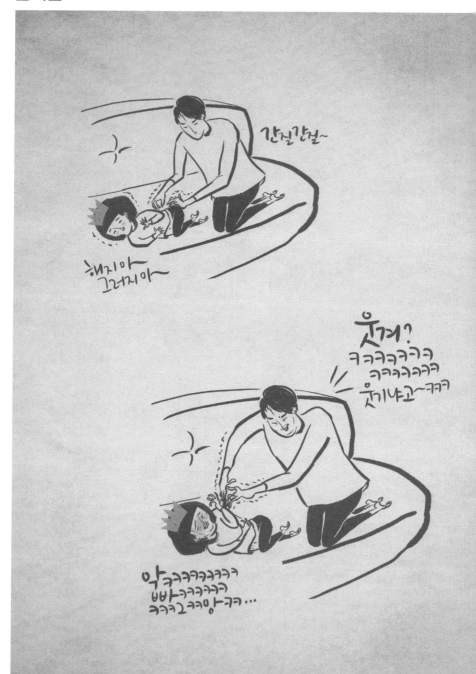

장난이 지나쳐서 미안해.

하지만 아빠도 어쩔 수 없었어.

비 오는 날에

늦게 온 죄. 우산 집 놀이 하고 집에 가기.

한쪽 어깨

당연한 거지만, 가족에게는 그런 아빠가 필요해.

어른이 아니야

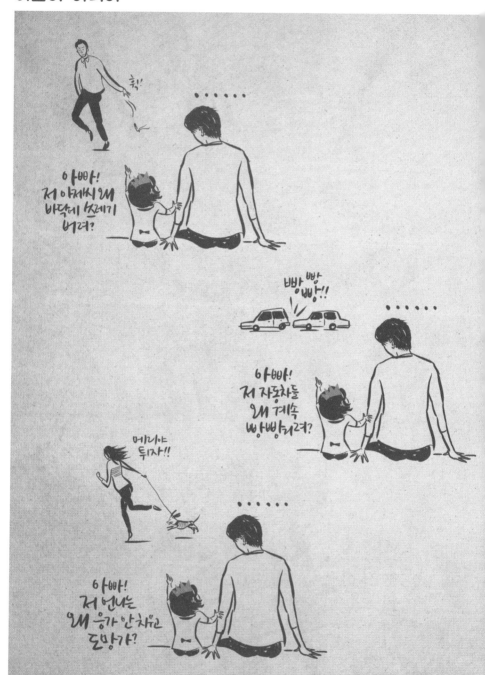

생각이 어른이어야 어른이지.

몸만 어른이라고 어른이냐.

06 아빠 네 살

배 속에 있을 때가 엊그제 같은데,
안으면 솜털처럼 가벼웠던 게 엊그제 같은데, 언제 이렇게 자랐을까.
네가 자란 만큼 아빠도 함께 성장한 것 같다.
네가 무거워진 만큼 아빠의 책임감도 무겁게 느껴진다.
평생을 소년의 감성으로 살려 했던 내가, 이제는 어른으로,
그렇게 부모가 되어가고 있다.

어제는 소녀였던 그녀가
오늘은 어른이 되고...

그렇게
엄마가
된다

비위도
안좋던 내가
응가 기저귀를
갈게 되고…

주말이면
늦잠만 잤던 내가
놀아달라는 보챔에
일찍 일어나게 되고

성질나면 못참는
성격이었던 내가
사진 한 장 바라보며
화를 죽이게 되고...

학 받아버겨?
에이...참자참자...

술자리에서 먼저
일어나는 사람을
싫어하던 내가
술자리에서 가장먼저
일어나게 되고...

아빠!
아빠!

어제는 소년이었던 내가
오늘은 어른이 되고...

그렇게
아빠가
된다

어제는 소년이었던,
어제는 소녀였던 우리가
오늘은 어른이 되고…

그렇게
부모가
된다

어느샌가 나도 모르게 부모가 되어가고 있었다.

유모차를 밀다가

여든 살의 유모차.

네 살의 유모차.

안 보이던 것들이 보이기 시작했다.

남자 친구 : 안 돼!!

338

내 딸은 내가 지킨다!

악몽

역대급 최악의 악몽을 꿨다.

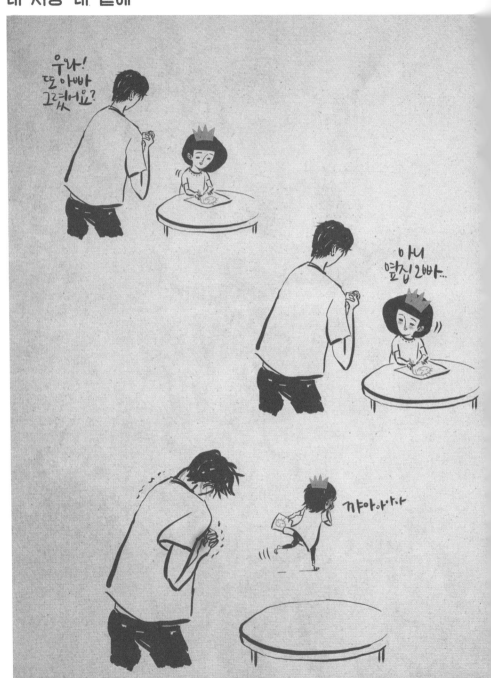

손빼...
이새끼야

아빠가
제일 좋다더니...

딸! 언젠간 너도 아빠 곁을 떠나겠지….

지금 더 예빼해주고 더 사랑해줄게.

외식

연애 때는 "천천히 드세요"라고 말했지만

이젠 빨리 좀 드셔주세요.

그리고 딸은 앉아서 좀 드세요.

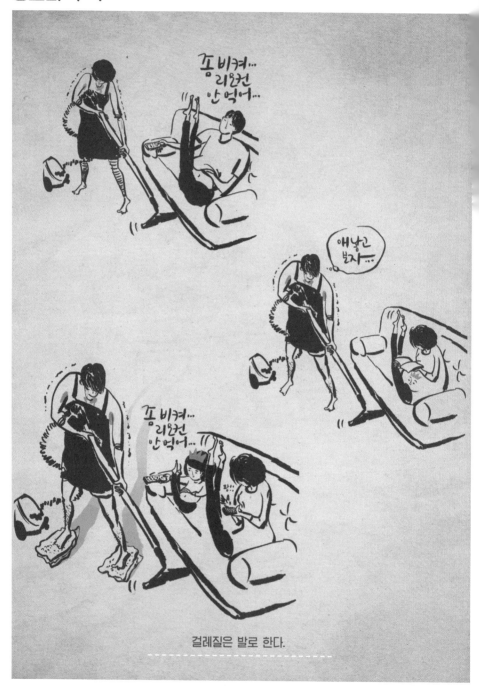

조삼모사 부녀 버전

재우기 딜.

정리 정돈 딜.

TV 보기 딜.

미안하다

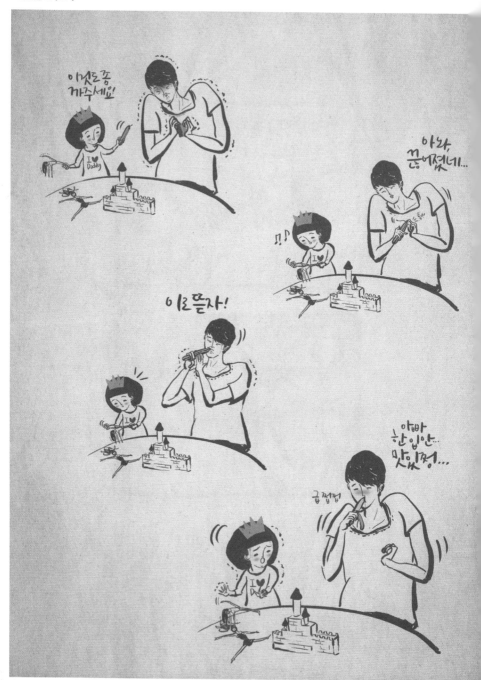

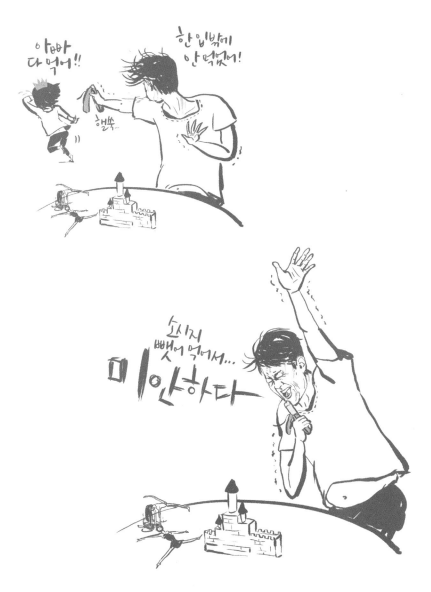

식탐 많은 아빠를 둔 딸에게, 정말 미안하다~~!!

무릎 엔딩

봄바람 휘날리며~ 제발 걸어요~

남자이기 때문에

두 여자가 지켜보고 있다.

이 그림을 다 그리고 나니 갑자기 눈물이 난다.

남자들, 파이팅!

아버지의 어깨

그때,
아버지의 어깨

지금,
아버지의 어깨

내 어깨가
넓어진 걸까
아버지 어깨가
좁아진 걸까

아버지, 이제는 제가 당신의 어깨가 되어드릴게요.

어린이날

소리질러~

꼭 기억해줘! 너의 어린이날

하얗게
불태웠어

아빠 어릴 적, 네 할아버지가 놀이동산에서

얼마나 고생하셨는지 이제야 알게 되었어.

359

잘 때는 엄마가, 놀아줄 땐 아빠가 좋단다.

익숙함과 소중함

가족은 나에게 가장 가깝고 소중한 사람이니까.

명화 갤러리

작품명 : 레고 줍기

못 알아듣는 척하지 말고

이제 네가 좀 주워라.

작품명 : 비눗방울 부는 아빠

네가 웃어주기만 한다면

아빠는 볼이 터질 때까지 불어도 좋아.

작품명 : 딸의 눈물

오늘 아빠가 다른 데 안 새고

일찍 집에 갈게.

육아는 예술이다!

육아는 육아다

너를 재우다가 새벽 하늘이
참 예쁘다는 걸 알게 되었고

너를 잘 먹이려다 보니
인내심이 늘게 되었고

너와 걷다 보니
그냥 지나치던 들꽃을 보게 되었고

너를 가르치려다 보니
내가 먼저 잘 알게 되었고

그렇게 알게 되었어
네가 자랄 때
나도 자란다는 걸

너를 키우는 게
곧 나를 키우는 거라는 걸

둘 다
까치발 좀
하지 마..

육아는
(기를육) (아이아)
육아다
(기를육) (나아)

고마워! 솔이 덕분에 엄마 아빠도 성장하는구나.

부부의 삶

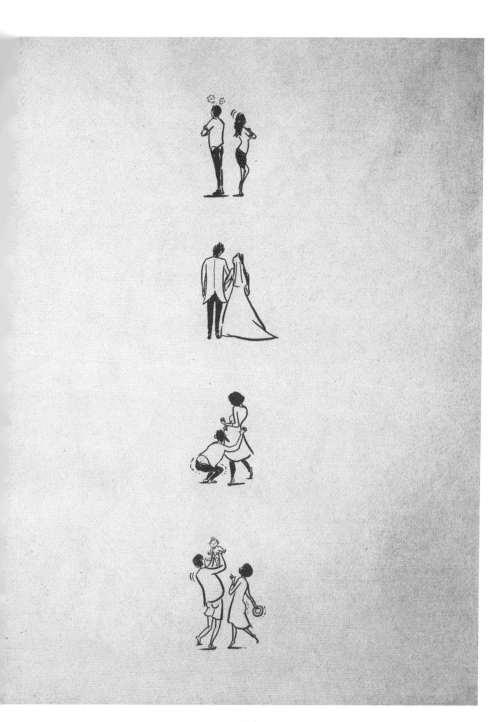

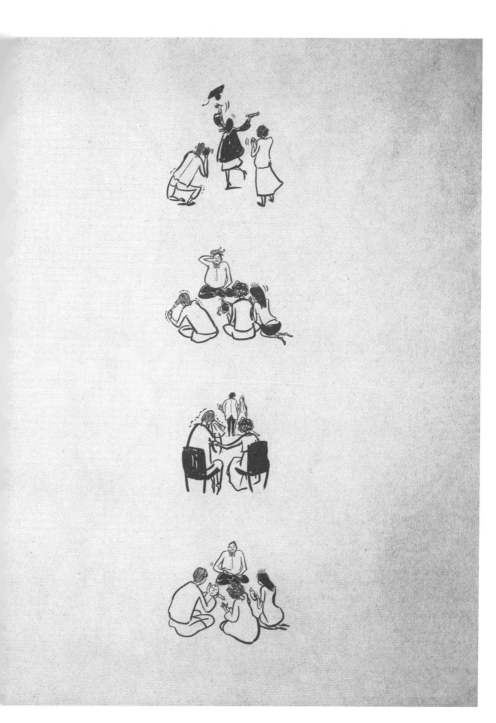

부부란 두 반신(半身)이
되는 것이 아니라
하나로서 전체가
되는 것이다

-라흔

부부란 두 반신(半身)이
되는 것이 아니라
하나로서 전체가
되는 것이다
─교훈

당신의 인생은 현재 몇 번인가요?

대화가 되면
좋겠다...

조금 조용했으면
좋겠다...

조금 더...

조금만, 아주 조금만...

천천히
자랐으면
좋겠어

오늘의 너를 더욱 사랑해줄게.